新楼盘

15

佳图文化　主编

金地—科学筑家

U0133040

天津大学出版社
TIANJIN UNIVERSITY PRESS

图书在版编目（ＣＩＰ）数据

新楼盘. 15、金地：科学筑家 / 广州佳图文化传播
有限公司编. —天津：天津大学出版社. 2010.3
ISBN 978-7-5618-3430-5

Ⅰ. ①新… Ⅱ. ①广… Ⅲ. ①建筑设计—中国 现代
—图集 Ⅳ. ①TU206

中国版本图书馆CIP数据核字(2010)第044703号

策　　划　佳图文化

责任编辑　油俊伟
出版发行　天津大学出版社
出 版 人　杨欢
地　　址　天津市卫津路92号天津大学内(邮编：300072)
电　　话　发行部：022-27403647　邮购部：022-27402742
网　　址　www.tjup.com
印　　刷　广州市中天彩色印务有限公司
经　　销　全国各地新华书店
开　　本　230mm×300mm
印　　张　10
字　　数　200千
版　　次　2010年3月第1版
印　　次　2010年3月第1次
定　　价　48.00元

支持单位 SUPPORT UNIT

（排名不分先后）

中海地产（深圳）有限公司
北京中海豪峰房地产开发有限公司
长春中海地产有限公司
广州中海地产有限公司
中海兴业（西安）有限公司
中海地产（珠海）有限公司
北京万科四季花城房地产开发有限公司
佛山市顺德区万科置业有限公司
成都万科房地产有限公司
深圳市万科城市风景房地产开发有限公司
武汉市万科房地产有限公司
北京金隅万科房地产开发有限公司
沈阳万科浑南金域房地产开发有限公司
保利置业集团有限公司
上海保利房地产开发有限公司
保利（杭州）房地产开发有限公司
保利（包头）房地产开发有限公司
保利（成都）实业有限公司
北京龙湖置业有限公司
北京龙湖庆华置业有限公司
成都龙湖锦华置业有限公司
重庆龙湖地产发展有限公司
西安龙湖锦城置业有限公司
华润置地（北京）股份有限公司
华润置地（湖南）有限公司
华润置地（常州）有限公司
华润置地（成都）发展有限公司
华润（大连）房地产有限公司
华润置地（宁波）有限公司
华润置地(苏州)有限公司
华润置地(武汉)实业有限公司
华润置地（武汉）发展有限公司
香港华润（集团）有限公司
上海绿地（集团）有限公司
上海绿地集团（贵阳）置业有限公司
上海绿地集团无锡置业有限公司
富力地产
富力地产设计研发中心/策划营销中心
北京城建投资发展股份有限公司
北京香江兴和房地产开发有限公司
北京银河万达置业有限公司
北京英才房地产开发有限公司
北京新捷房地产开发有限公司
北京太平洋城房地产开发有限公司
北京碧水庄园房地产开发有限公司
北京正鹏房地产开发有限公司
北京百顺达房地产开发有限公司
北京盘古氏投资有限公司
北京方恒房地产开发有限公司
上海锦石园置业有限公司
上海中星集团昆山置业有限公司
上海绿城森林高尔夫别墅开发有限公司
上海恒盛地产
上海恒睿房地产有限公司
上海达安泰豪置业有限公司
恒基兆业地产有限公司
香港新鸿基地产发展有限公司
（香港）恒隆地产有限公司
深圳和记黄埔有限公司
深圳航空城（东部）实业有限公司
世纪海景实业发展（深圳）有限公司
深圳招商局房地产有限公司
深圳市长城地产有限公司
金地集团（深圳）有限公司
深圳市海岸房地产开发有限公司
深圳市合正房地产集团有限公司
深圳市龙岗山庄实业发展有限公司
深圳南海益田置业有限公司
深圳卓越房地产开发有限公司
宝实达置业发展（深圳）有限公司
中国宝安集团股份有限公司
华侨城地产有限公司
深圳市荣超房地产开发有限公司
广东宏远集团房地产开发有限公司

广州德和投资发展有限公司
广州市雍桦园物业发展有限公司
东莞市鸿联置业发展有限公司
东莞市信义房地产开发有限公司
中山市鄂尔多斯房地产开发有限公司
中化方兴地产开发（珠海）有限公司
浙江正方置业有限公司
浙江中浙房地产开发有限公司
凯德置地
永泰房地产（集团）有限公司
锦和置业（苏州）有限公司
苏州中茵置业有限公司
嘉兴市格林置业有限公司
嘉兴市广源房地产开发有限公司
重庆金科集团有限公司
重庆香江高科地产发展有限公司
成都青羊工业建设发展有限公司
鹤山市方圆房地产发展有限公司
厦门国源房地产开发有限公司
新城市地产开发有限公司
长沙中达房地产开发有限公司
顺驰置地达兴房地产开发有限公司
正中置业集团
南京金基房地产开发有限公司
百胜麒麟（南京）建设发展有限公司
沈阳奥林匹克置业投资有限公司
丰泰地产
富通集团
惠州市仲恺鹏基投资有限公司
汇丰（泉州）发展有限公司
合肥市科园房地产开发有限公司
赣州恒瑞置业有限公司
贝尔高林
泛亚国际EADG
EDAW
EDSA Orient
北京土人景观与建筑规划设计研究院
易兰规划设计事务所
加拿大艾克斯蒂规划设计公司
加拿大AEL建筑景观设计有限公司
加拿大奥雅景观规划设计事务所
加拿大CSC(赛瑞)景观公司
美国21世纪景观设计公司
美国MBC园林景观设计公司
DC国际（上海·新加坡）
新加坡英柏建筑景观设计有限公司
北京维拓时代建筑设计有限公司
北京源树景观规划设计事务所
北京创翌高峰景观设计公司
北京擅亿景城市建筑景观设计事务所
广州土人景观顾问有限公司
广东美庭园林工程有限公司
广州普邦园林配套工程有限公司
广州市太合景观设计有限公司
广州市晴川环境艺术有限公司
广州市科美设计顾问有限公司
吉相合景观设计有限公司
深圳大地景观设计有限公司
SED 新西林景观国际
香港阿特森泛华建筑规划与景观设计有限公司
老圃造园工程股份有限公司
杭州现代机构
杭州禾泽都林建筑景观设计有限公司
HOK设计公司
优山美地·布里斯亚太联合规划公司
深圳陈世民建筑师事务所有限公司
Tom Heneghan（英国）
英国BENOY
英国SMC ALSOP建筑事务所
英国奥雅纳工程顾问
澳大利亚HASSELL设计公司
澳洲WOODHEAD（五合）
澳大利亚柏涛（墨尔本）建筑设计有限公司
澳大利亚道克设计（深圳）咨询有限公司

澳洲高臣建筑事务所
澳大利亚普利斯规划设计公司
日清国际（澳洲）有限公司
德国（WSP）建筑设计咨询有限公司
德国S.I.C.-工程咨询责任有限公司
德国AXIS设计集团
BDCL国际建筑设计有限公司
美国凯里森事务所
美国百盛年/拉古尼建筑事务所
美国都市实践（北京）建筑师事务所
美国开朴建筑设计顾问（深圳）有限公司
美国X-urbern建筑设计公司
美国OAD建筑设计事务所
美国EEK建筑事务所
美国HOOP建筑设计咨询（上海）有限公司
美国LWA设计公司
美国SLD 设计（深圳）公司
美国GN（栖城）国际设计公司
加拿大AKSD建筑设计师事务所
加拿大KFS国际建筑师事务所
加拿大CPC
加拿大UDS国际建筑事务所
(加拿大)毕露德国际建筑顾问有限公司
法国欧博建筑与城市规划设计公司
法国维度建筑设计公司
罗昂建筑设计咨询有限公司
日本M.A.O.一级建筑士事务所
维思平建筑设计事务所
北京三磊建筑设计
何显毅（中国）建筑工程师楼有限公司
中科建筑设计研究院
北京新纪元建筑工程设计有限公司
中元工程设计院
上海天华建筑设计有限公司
上海秉仁建筑师事务所
艾麦欧（上海）建筑设计咨询有限公司
上海泛太建筑设计有限公司
三益中国
SITE CONCEPTS INTERNATIONAL
AUNA国际建筑设计事务所
UDG联创国际
李祖原建筑师事务所
香港吕元祥建筑师事务所
香港艺智设计师事务所
梁黄顾建筑师（香港）事务所有限公司
香港Husband Retail Consulting商业顾问公司
香港凯达 Aedas HK
香港ACLA
香港华艺设计顾问（深圳）有限公司
AECOM中国区建筑设计
中外建工程设计与顾问公司
深圳市博万建筑设计事务所
中建国际设计顾问有限公司
深圳华汇设计有限公司
深圳市筑远天成建筑设计有限公司
深圳市同济人建筑设计有限公司
华森建筑与工程设计顾问有限公司
华通设计顾问工程有限公司
深圳市立方建筑设计顾问有限公司
深圳市欧普建筑设计有限公司
深圳筑博工程设计有限公司
机械工业部深圳设计院
深圳市华域普风设计有限公司
广州瀚华建筑设计有限公司
广州市住宅建筑设计院有限公司
汉森国际设计顾问
天津华汇工程建筑设计有限公司
南京市民用设计院
东南大学建筑设计院深圳分院
中国建筑西南设计研究院
重庆市设计院
中国机械工业第三设计研究院

《新楼盘》15

面向全国上万家地产商决策层、设计院、
建筑商、材料商、专业服务商的精准发行

指导单位	Instruction Unit
亚太地产研究中心	
出 版 人	Publisher
杨小燕	Yang Xiaoyan
主 编	Chief Editor
龙志伟	Long Zhiwei
编辑记者	Editor Repoters
唐秋琳	Tang Qiulin
钟梅英	Zhong Meiying
胡明俊	Hu Mingjun
设计总监	Art Director
杨先周	Yang Xianzhou
何其梅	He Qimei
美术编辑	Art Editor
林秋枚	Lin Qiumei
国内推广	Domestic Promotion
广州佳图文化传播有限公司	
市场总监	Market Manager
王 志	Wang Zhi
市 场 部	Marketing Department
方立平	Fang Liping
杨先凤	Yang Xianfeng
葛 林	Ge Lin
刘宏志	Liu HongZhi
刘谭春	Liu Tanchun
黄国华	Huang Guohua

地　址: 广州市海珠区新港西路1号
　　　　银华大厦808室
电　话: 020-89090386/42/49
　　　　33469200 85829855
传　員: 020-89091650
北京办: 王府井大街277号
　　　　好友写字楼3414
电　话: 010-65266908

稳健、理性、科学地应对（代前言）

　　理科金地曾经与文科万科、工科中海并列称为深圳地产三剑客，其从容、淡定、稳健、理性可见一斑。如今，金地已经将"科学筑家"的理念渗透到产品以及服务中，为客户营造一种高品位的生活方式。科学是个宽泛的概念，但金地人的科学具体、可操作，可以体现在工作的方方面面。截至2009年11月，金地集团已经累计实现了178.81亿元的销售额，这远远超过了金地年初对年销售目标达到140亿元的保守估计，可喜可贺。

　　本期专题——科学筑家全面详实地介绍上海金地·未未来、金地·湾流域、金地·未来域、杭州金地·自在城、珠海金地·动力港、武汉金地·格林小城等6个金地精彩案例。希望在迪拜危机重新让人们担心中国房地产泡沫的时候，提醒大家多多科学地寻找突破口。华润澜溪镇、成都凤凰城可谓大家风范，"全生态"格局的大理山水间全别墅项目的新中式风格让人耳目一新，而龙湾别墅的景观设计通过ECOLAND易兰规划设计事务所的演绎，实属美轮美奂。

目录 CONTENTS

金地—科学筑家　GEMDALE-SCIENCE OF ARCHITECTURE HOME

专家访谈　EXPERT INTERVIEWS

新景观　NEW LANDSCAPE

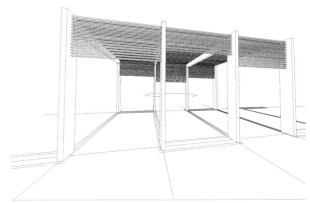

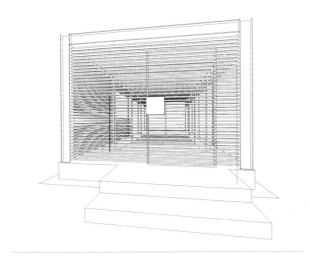

新特色 NEW CHARACTERISTIC

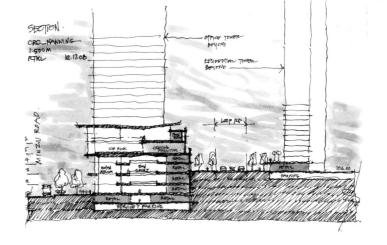

名家名盘 MASTER & RENOWNED CASE

目录 CONTENTS

商业地产 COMMERCIAL REAL ESTATE

资讯 INFORMATION

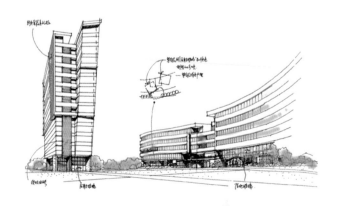

住宅地产

□ 金地——科学筑家

金地·未来来

金地·自在城·境水岸

金地·湾流域

金地·动力港

金地·格林小城

金地·未来域

成立于1988年的金地集团，历经21年的不懈探索与迅猛发展，如今已成为一家以房地产开发为主营业务的著名上市公司，位居"中国房地产上市公司TOP10"，成为"中国最具价值房地产公司"。21年来，作为深圳地产三剑客之一的金地集团坚持以产品为核心，科学演绎人居，不断为客户创造价值，提供最具特色的生活体验。

如今，金地已经完成从"理科金地"到"科学金地"的质变，形成了"科学创富"的商业逻辑和"科学筑家"的品牌体系。科学的信念不断塑造着金地的特性：用心做事的学养，创新为魂的竞争力量，惟精惟一的专业价值和坚韧内省的实践精神。科学演绎人居，金地所追求的品质始终体现在每一个细部的精美和产品的精细化。比如说户型设计，金地有19年的专业经验，而且非常注重学习国外先进经验。

"金地始终强调的是客户全过程的品质感和居住价值的持续提升。"从金地多年的开发经验来说，针对一个项目，这个楼盘品质的建立是一项系统工程，它贯穿于地块位置的确定、物业类型的选择、建筑设计和施工、户型的设计、营销、物业管理等开发运营全过程。这就是科学的金地演化出最适合人居的生活体验。每到一个城市，金地总会把外地发达城市的开发新思路带给了本地。此外，最大限度地提升产品的附加值是金地的一贯追求。金地通过配套设施建设、完善的物业管理服务和温馨丰盛的文化氛围，给业户带来了超越想象的价值感受。从这个方面上讲，金地为客户建设的不仅是住宅，更是快乐生活的乐园。

土地策略

2009年11月9日晚间，金地集团发表公告，宣布了10月份的销售业绩。截至10月底，金地已经累计实现了165.4亿元的销售额，同比增长了83.8%，大大超过万科2009前10个月35.2%的销售增长率。除了在销售上保持较平稳发展外，在土地市场方面，金地似乎也不甘落后，紧随万科、保利等华南巨头，不断现身全国各地的土地市场，频频出手抢地。

继三季度投资近百亿元拿来7幅地块后，金地与东莞黄江宝岛度假村有限公司通过联合竞买的方式，以14.93亿元拿下了位于东莞黄江三新村一总用地面积32.27万m²商住用地（4幅地块组成），折合楼面价2 529元/m²，该地块是东莞黄江历史上出让面积最大的地块，也是东莞今年土地市场出让面积最大的地块。而在沈阳浑南新区，金地也通过股权收购的方式以6 804万元的代价收购了一幅建筑面积为60 000m²的地块。据保守统计，今年以来，金地在土地投资金额早已大大超过年初100亿元新增土地计划。

"超过我们的原计划是很正常的。在重点投资的6个区域里，除了在西安还没有拿地，其他所有我们已进入的区域都买了地，包括沈阳。要照顾区域的平衡，虽然上半年在上海和宁波我们拿的地，还是有点贵，但是，我们本来在这些区域的基础很好，必须通过拿地保持领先的地位。类似的情况还有北京，我们在北京也基本没有地了，因此在大兴拿了一块地。华南地区，我们也在想方设法投地，很重要的一个考虑就是区域平衡。"金地高层如是解释其年内拿地的策略。

主攻"短平快"

2008年金地一直未出手拿地，并果断地停止了一部分计划开工的项目，已经开工的也尽量放慢施工进度。如今的金地拿地更加谨慎。正如凌克所强调的，"要在发展中仍然保持清醒"。他这样概括今年金地的拿地原则："由于土地价格已经回归，流标量大，可以拿。但是不会拿大盘，要短平快，对周期长的大项目会大幅减少，不会盲目拍地，不会拼价格。"

今年初，金地为此开始对组织架构进行了调整，并建立风险控制部门，将审计法务部作为一个单独的部门独立出来。据悉，这个部门将包括内外部的审计，并结合财务、法律的因素，将风险的控制贯彻到发展全过程，首先即从投资决策的流程开始控制。

而在战略布局上，金地各区域将采取"在已有布局的城市中扩大规

"科学筑家" 引领品质生活

模"的原则。目前金地已完成了3R（区域）+3C（城市）的战略布局：3R即以京津为核心的环渤海经济圈、以深圳为首的华南板块和以上海为代表的华东地区；3C即武汉、西安和沈阳。

"布局已经完成，规模应该上去。"金地集团总裁张华纲称，"往年金地的大盘太多，今年不拿大盘，只做'短平快'项目。"据悉，金地今年将拿地的基本指标之一定为"收益率为18%以上"的项目，并在项目规模、投资收益、结转速度等方面有严格要求，以缩短开发周期，提高投入产出回报率，做大规模。凌克希望，"冷静下来的金地能在经营安全的前提下，实现规模化发展"。

深耕长三角

一个不争的事实是，上海乃至长三角地区在金地的全国版图中占据重要地位。金地总裁张华纲在2008年业绩报告见面会上也曾表示："金地今年拿地的重点区域是长三角，这是中国经济增长的龙头地区；其二是珠三角地区，该地区的土地价格调整已经基本到位；其三是环渤海区域，金地在该区域的土地储备并不多；最后是其他几个国内重点城市，但这个投入可能会比较小，我们还是坚持深耕已经进入的城市群。"事实上，从2007年起，以上海为中心的长三角区域就成为金地集团尤为倚重的一方。2007年金地土地储备方面的额度为100亿元，大概的区域分配为深圳25%，上海30%，北京25%，沈阳、西安和武

汉20%。

金地之所以如此看重上海区域市场，是因为在去年低迷的楼市中，上海公司几个项目销售均逆市飘红，占据成交排行榜前几位，成为金地增长最快、业绩最好的区域。在金地集团去年约114亿元的整体销售金额中，上海三个楼盘就达到43.6亿元，去年金地在上海的主营业务收入约33亿元，占公司收入的三成。在业内人士看来，金地是在以区域发展战略形成它在这个区域的特定优势，也相当于拥有了"区域定价权"，从而给其他企业设定进入门槛。

金地集团简介

金地集团坚守"科学筑家"的使命，在企业经营中体现专业和科学的特质，为客户提供高品质的产品，已经成为中国地产行业内极富特色与竞争力的全国化品牌公司。

金地集团初创于1988年，1993年开始正式经营房地产。2001年4月，金地（集团）股份有限公司在上海证券交易所正式挂牌上市。金地集团秉承"用心做事，诚信为人"、"以人为本、创新为魂"等核心价值观，并逐步形成了地产开发业务的核心竞争优势。金地集团已经建立以上海、深圳、北京为中心的华东、华南、华北的区域扩张战略格局，并已成功进入武汉、西安、沈阳等市场。金地坚持以产品为核心，不断为客户创造价值：在深圳，开发了金地海景花园、金地翠园、金海湾花园、金地海景·翠堤湾、金地香蜜山、金地梅陇镇、金地名津；在北京，开发了金地格林小镇、金地国际花园、金地中心；在上海，开发

了金地格林春晓、金地格林春岸、金地未来域、金地格林郡等项目。截至2009年底，全国仍有深圳上塘道、东莞博登湖、南京自在城、杭州自在城、西安湖城大境、沈阳滨河国际社区等10余个项目正在建设开发。

经10年探索和实践，金地现已发展成为一个以房地产开发为主营业务的上市公司，同时也是中国建设系统企业信誉AAA单位、房地产开发企业国家一级资质单位。集团拥有多家控股子公司，形成了以房地产为主营业务，物业服务、地产中介同步发展的综合产业结构。

在企业信誉和业绩的基础上，金地品牌不断提升，连续获得"中国发展最快的品牌房地产企业"、"中国房地产品牌战略创新10强"等称号，位列"《新地产》房地产上市公司10强"第三名，在"做中国最有价值的国际化地产企业"的愿景指引下，金地将不断开拓新的里程。

金地"品牌理念"

金地秉持诚信、人本、科学、思想的经营理念，通过不断拓展与地产行业相关的业务领域，在产品与服务中坚持开创性思考和对品质的不懈追求，致力于为客户提供最高品质的产品和服务，为政府和公众贡献丰富的社会财富，为股东和合作伙伴创造稳定持续的收益，为员工开辟广阔的发展空间，以国际化思想与实践，不断超越，成为利益相关群体心目中最有价值的国际化地产企业。

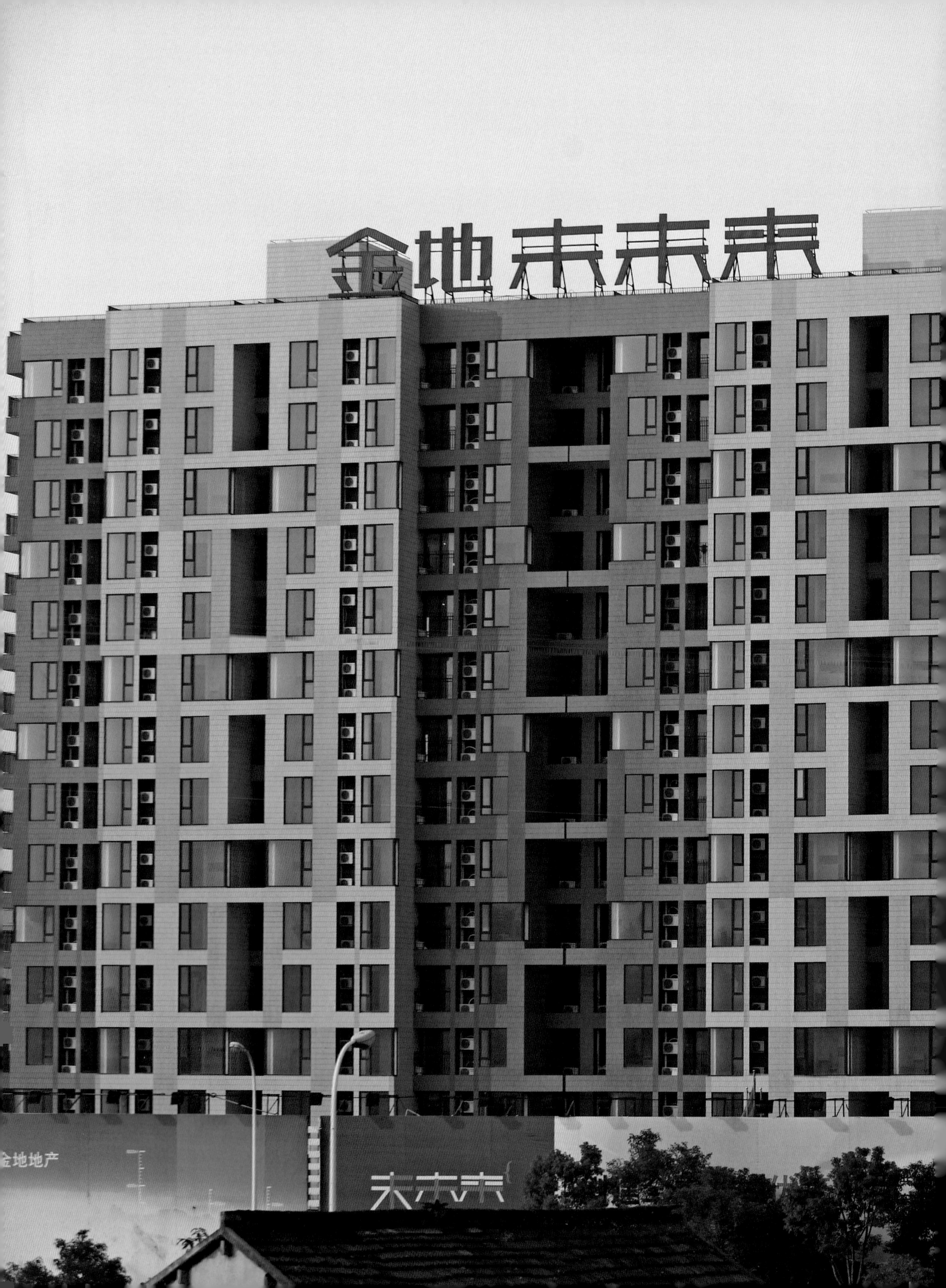
金地地产

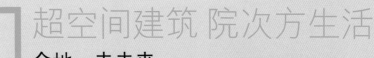

超空间建筑 院次方生活

金地·未未来

项目地址：上海浦东区张杨北路2899弄（五洲大道口）
开 发 商：上海深翔房地产开发有限公司
投 资 商：金地（集团）股份有限公司
景观设计：ACLA傲林景观设计公司

占地面积：96 383 m^2
总建筑面积：154 212 m^2
容 积 率：1.60
绿 化 率：35%
总 户 数：1 611
停 车 位：1 025

金地·未未来由22栋5层的多层、3栋14层的小高层、7栋15层的小高层组成，其三大创新建筑产品——组合式TOWNHOUSE（约150 m²精装花园洋房）、高层TOWNHOUSE（约90 m²全复式高层）、空中院馆（54～89 m²精装花园小高层），均为顺应"90/70"大潮流趋势、潜心研发的创新型产品，1 611户中有近80%的户数套型小于90m²，50～60m²一房，80～90m²两房，90～115m²三房，150m²四房。绝大多数户型既有超高附加值的建筑空间，也有更富想象的生活空间，可谓"超空间建筑、院次方生活"。金地·未未来毗邻的6号线贯穿整个浦东新区，在世纪大道站与2号线、4号线相交，融入上海轨道交通网。毗邻的五洲大道直通翔殷路隧道，连接中环，是上海市首条生态环保大道，2010年长江隧道开通后，将成为崇明乃至江苏南通等地到上海的重要干道。通过便捷的交通，本项目未来到达五角场大学区、外高桥港区、小陆家嘴金融贸易区、金桥出口加工区等上海最重要的几个现代服务业产业聚集区极为方便。

金地·未未来是金地"新90运动"的重磅力作，以自然、自由、舒适、成品为四大产品特色。独一无二超现代时尚立面；2.5万m²乐活公园，移步换景、高低错落的立体绿化布局，步步有景、

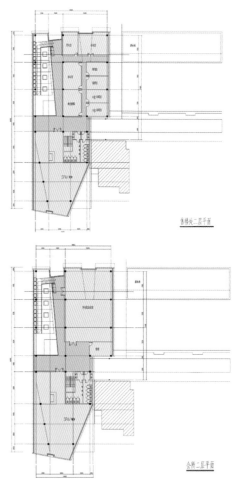

售楼处二层平面

会所二层平面

层层有境；未未来高层TOWNHOUSE产品突破陈规，勾勒出一个约90m²的立体的生活空间，5.7m挑空立体复式，约5m宽的客厅，享受更多的空间附加值，让空间的隐匿张力无限释放，略加构思即可拓展出第三居室，2变3，3变4，灵活的架构空间。穿过约2.4m宽、5.7m高的敞开式长廊，踏入约3m宽、8m²左右的独特入户花园，就是TOWNHOUSE式入户，它既是独特玄关，也可布置为情致庭院。未未来空中院馆54～89 m²精装花园小高层层层院落，面面玲珑，户户不同方位多露台设计，由内及外，由上及下，空间围合但不完全封闭，兼具实用与景观的双重功能，把更多的空间退还给自然与大地，把极大的自由退还给室内与室外的空间沟通，把更富创意的灰空间退还给每一位居者，一变二、二变三，随需求而自由改变，使建筑空间和生活的享受全面升级。

占 地 面 积：364 000 m²
总建筑面积：850 000 m²
容 积 率：1.80
绿 化 率：30%

 长在公园里的精装白金公寓

金地·自在城·境水岸

项 目 地 址：杭州西湖区三墩镇金渡北路通济路
开 发 商：杭州金地中天房地产发展有限公司

　　金地·自在城项目位于杭州市西湖区三墩镇，东至通济路，南至金渡北路，占地面积36.4万m²，总建筑面积约85万m²。拥有1 500年的历史河岸、3 km的河岸线、10万 m²原生河岸公园、三大中央景观绿地、3 万m²市政公园；更有纯熟商业资源体系，囊括华润万家、银泰、沃尔玛、五里塘河风情街、厚仁路商业街；社区配套逾20种休闲运动场馆的三大会所、1.5 万m²滨水商业街区、0～16岁的全年龄社区教育体系。

作为金地地产继格林系、未来系、国际系作品之后的新一代创新作品，金地·自在城·境水岸云集约10万m²城市别墅群、独创第四代花园洋房、精装白金公寓、创新青年SOHO等丰富物业形态。于四水交汇之所，深入考量城市、配套、景观、空间、物业五个人居标准，打造城市人居公园社区，掀开杭城公园人居新时代。75～148 m²精品户型，集金地21年户型创新之大成，满足不同家庭的升级居住需求。长在公园里的精装白金公寓，阔景水晶联厅、4.5m挑高双首层大堂尊贵阔气；多阳台、多露台、多飘窗的大视野，处处是风景，更附带精装空间赠送。深度精装的涵氧空间，珍稀罕见，实属杭州城市人居公园的舒适标准。

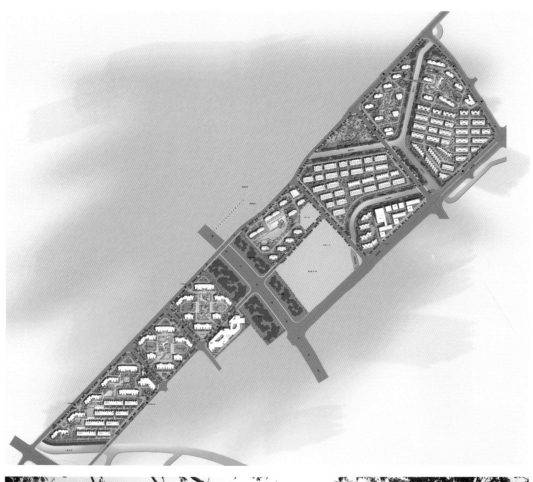

 # 世博会核心板块低层浅谷住区
金地·湾流域

项 目 地 址：上海浦东区尚博路518弄
开 发 商：上海金地经久房地产发展有限公司
建 筑 设 计：日清建筑设计（国际）有限公司
景 观 设 计：易格景观

占 地 面 积：120 000 m²
总建筑面积：220 000 m²
容 积 率：1.50
绿 化 率：35%
总 户 数：1 700
停 车 位：1 050
楼 层 状 况：独栋别墅、双拼别墅、6层小洋房、7+1大洋房、14层大平层以及14层小户型

金地·湾流域位于浦东世博会核心板块，是金地集团全力打造世博三林板块的重要作品。湾流域南临约7万 m²的三林公园，社区内三林港、中汾径两条天然河流交汇，自然资源得天独厚。于城市中心，以两湾一园亲地规划理念，营造出一个舒适怡人、天然静谧的静谷社区，打造属于城市精英的两湾静界自在城。同时紧邻地铁6号线、在建中的中环线，三桥三隧，交通便利、周边生活配套设施成熟。

湾流域包含别墅、洋房、小高层三大产品类型，容积率仅为1.5。以小组团大社区的建筑规划，实现全地下车库人车彻底分流。创新全朝南城市浅滩别墅、Townhouse式洋房以及超宽栋距精致小户，赢得诸多楼盘大奖。

地下一层　　　　　　　　　　一层　　　　　　　　　　二层　　　　　　　　　　三层

绿色生态办公乐土

金地·动力港

项目地址：广东省珠海市

开 发 商：金地集团

景观设计：广州市华誉景观工程设计有限公司

设计面积：42 000 m²

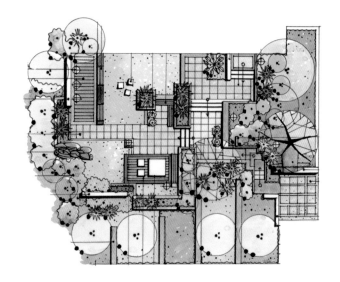

金地·动力港项目风格现代、纯粹，旨在创造一个阳光品质的EOD商务园区，EOD（ecological office district）是绿色生态办公区的缩写。设计融合围绕建筑创造了一系列从公共到半公共到私密等不同层次的景观空间。建筑中的人们可以选择一些时间在户外办公，充分享受到户外工作的放松与乐趣。使整个园区成为实用、科学、独特的商务园区；展示金地·动力港集工作、生活、休闲、学习为一体的园区新形象。

其景观设计使得各个空间之间层级明确，功能清晰，但又互相紧密联系，从核心景观空间到入口空间再到私家庭院，转换自然。主题庭院个性鲜明，几个不同的主题庭院采用不同的设计语汇来表达其相应的内涵。用"石"的设计语汇表达"坚韧"与"创新"主题；用"木"的设计语汇表达"正直"、"奉献"主题；用"水"、"音乐"的设计语汇表达"自强"、"灵动"主题；用"画"、"缤纷"的设计语汇表达"自由"、"灿烂"主题。景观设计将具有鲜明生动的蒙特里安的格子艺术融入设计，通过格子绿地、平台、格子广场、树阵等组合大空间与小空间，使其相互联系，空间富于变化，不断创造新的空间，简约之间彰显独特。

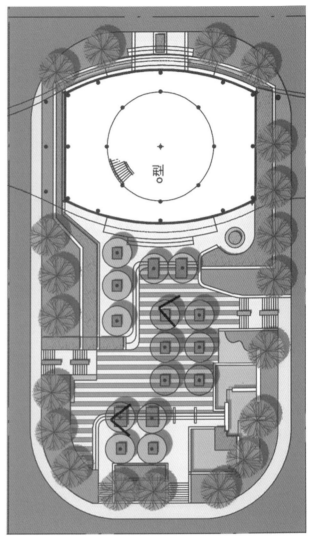

植栽设计风格简洁、明快、新颖。如在四大主题庭院，选用富有个性的种植品种，如竹、千层金、山杜英、紫玉兰、白兰、凤凰木、萱草等，展现每个组团景区鲜明的气质特点，为人们提供一种惬意的互动的办公休闲空间。

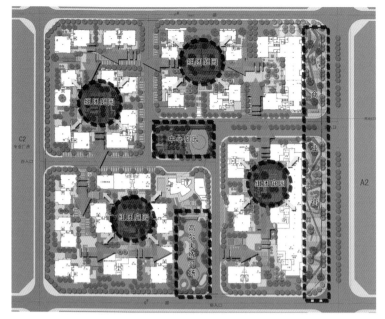

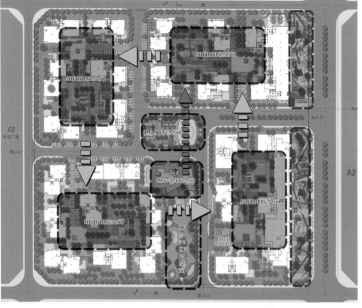

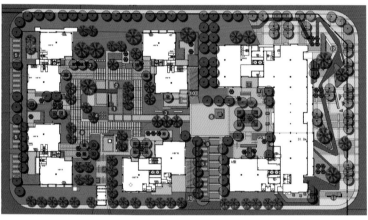

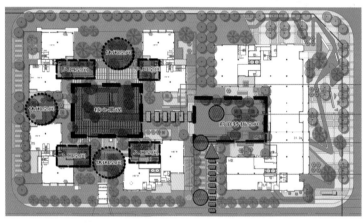

 # 开放 生态 恬静

金地 · 格林小城

项目地址：武汉市洪山区珞狮南路西侧
开 发 商：金地集团武汉房地产开发有限公司
建筑设计：香港嘉柏建筑师事务所
景观设计：深圳市奥斯本环境艺术设计有限公司

占 地 面 积：497 900 m²
总建筑面积：700 000 m²
容 积 率：1.50
绿 化 率：47.2%
总 户 数：4 702
停 车 位：1：0.5

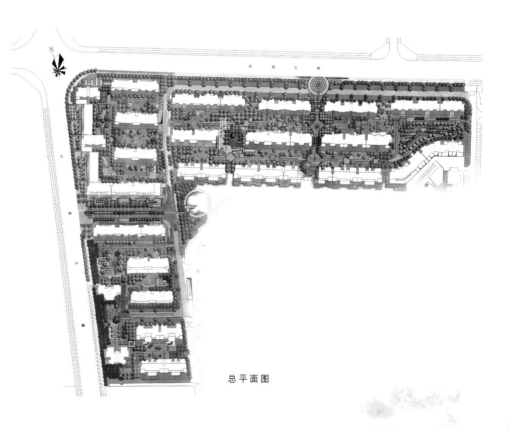

总平面图

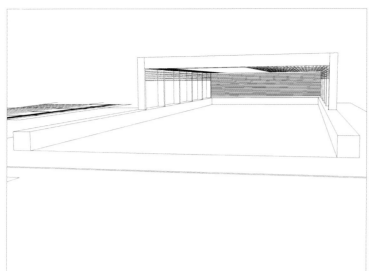

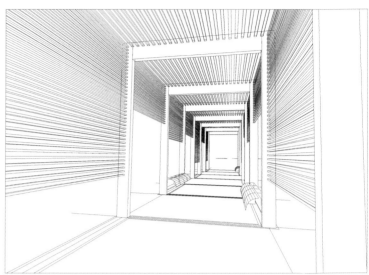

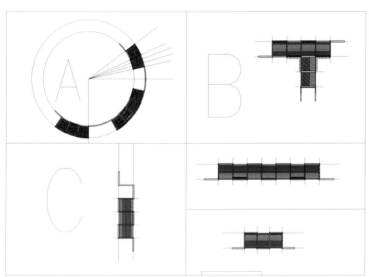

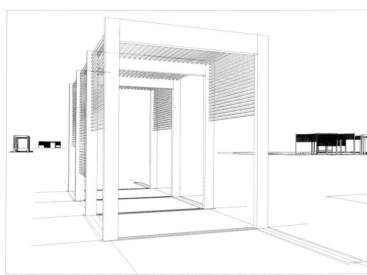

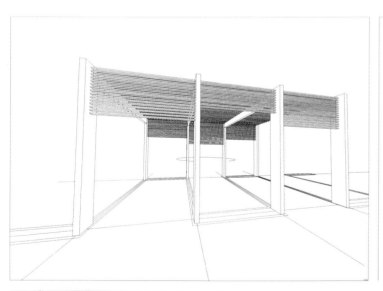

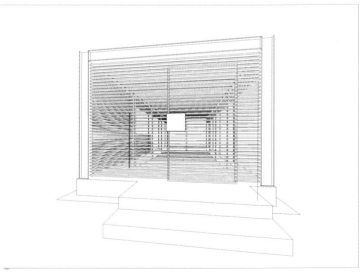

　　金地·格林小城是深圳金地集团投资武汉的第一个项目，总投资额15亿元，占地面积49.79万 m²，总建筑面积约70万 m²，项目地块位于18 km²的南湖风景区内，距武昌街道口中心区仅3 km左右，包括多层、花园洋房、联排别墅和小高层等多种物业类型以及12 000 m²的商业步行街、6 000 m²的运动休闲会所，金融、医疗、幼教设施齐备，规模大配套全。项目分A、B、C三个地块开发，首期开发美茵区（A地块），二期开发莱茵区（B地块）。目前，金地·格林小城升级版产品——梦茵区（C地块）花园洋房、观景高层、创新多层正在热销中。

项目定位于"享有现代城市文明和精神自由的、开放的、生态的（赋予自然生机的）、恬静的"欧洲水岸小城，东临南湖，北对武汉理工大学新校区，一条75 m宽的市政绿化带穿城而过，集城市文明、生态景观、人文生活于一体，是城市中少有的高品质生态休闲社区。

其景观设计运用了德国园林里独有的简洁、纯粹、硬朗、充满张力的构成形式，创造性的材质、独特的细节、精确的工艺等阐述了现代居住环境的精髓所在。在众多抽象的外表下，更具有丰富的内涵，通过富有德国风土人情特色的元素把景观体现得淋漓尽致。

极简主义的韵律感

金地·未来域

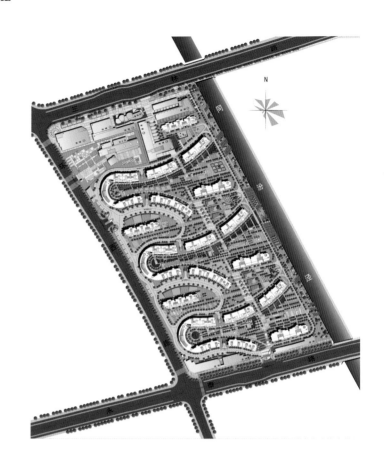

项目地址：上海浦东三林片区御桥路288弄
开 发 商：上海浦发金地房地产发展有限公司
景观设计：深圳市奥斯本环境艺术设计有限公司

占地面积：105 400 m²
总建筑面积：140 800 m²
容 积 率：1.40
绿 化 率：45%
总 户 数：1 016
停 车 位：650

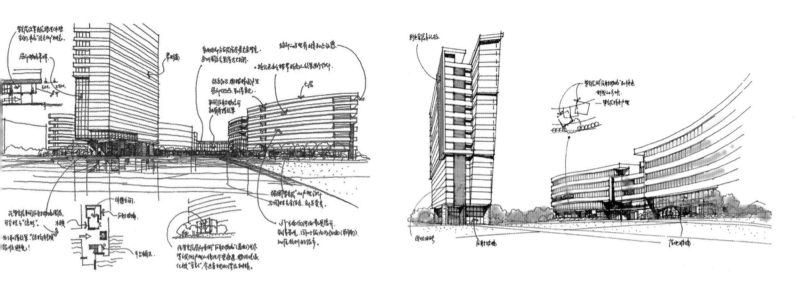

上海金地·未来域地处上海浦东三林片区，位于2010年世博会会址东南，是世博会产业区内第一座未来生活印象馆，也是三林片区住宅发展的最大引擎！项目人群定位为城市的中青年阶层和具有很高的审美要求和物质能力的"海归"阶层。他们注重生活的品质和生活的环境。景观设计基于"现代、艺术、生活"的设计主调，与建筑的气质相融合，创造一个充满情趣的、富有生活艺术与灵感的居住空间。

未来域的景观设计是在充分理解建筑的规划布局特色基础之上，将基地内的小环境与周边规划用地大环境很好地糅合在一起。建筑所形成的空间丰富且流畅，景观设计则随势而发，以极简主义的设计手法进行空间整合，塑造出充满韵律感的活动场地，营造"三湾一岸"的特色景观。

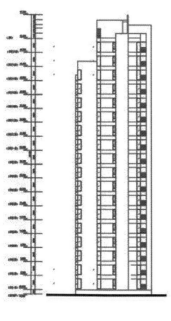

侧立面图

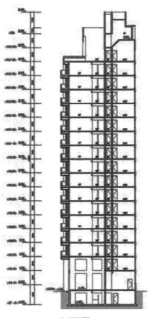

剖面图

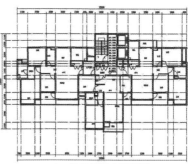

A-a单元标准房平面图

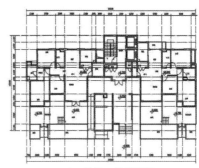

A-a单元一层平面图

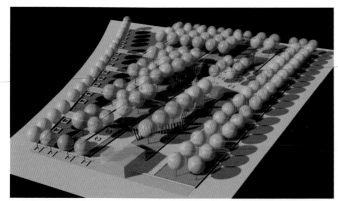

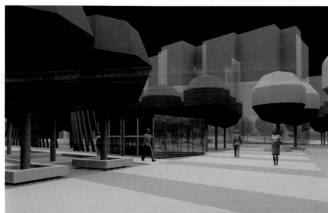

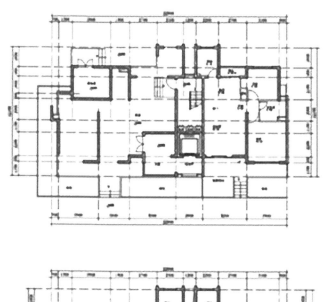
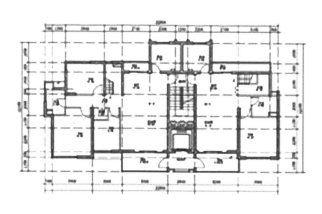
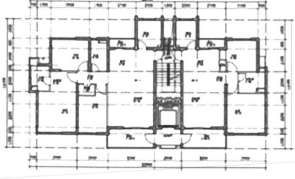
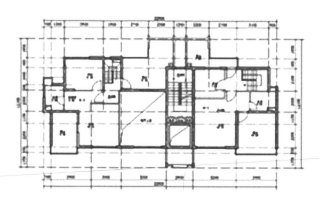

明月山溪

Q：作为景观设计总监，您觉得自己通常面临的挑战是什么？

A：我经常一进入设计状态就停不下来，总是有新的想法持续不断地涌现，因此对我而言，如何让生活和工作达到平衡，是比较大的挑战。我们都知道设计是没有最终的正确答案的，永远都有改进的空间，怎样有效率地做出让业主满意的作品，凝聚整个团队的力量，发挥出最大潜能，尽量避免团队加班，是我面临的另一个挑战。设计方案确定后，因为中国现阶段的施工工艺还处于成长阶段，如何将设计以最好的方式表达出来，是又一个挑战。

Q：在设计中经常运用哪些手法？最近您有一个展览，在您眼中因地制宜是怎样的一种概念？

A：在设计中，我一直竭力避免跟风潮流，而是让设计作品具有非时间性。充分挖掘每个项目本身的特色，在当地文化生态资源的基础上，结合功能需求，做出经得起时间考验的设计。因此每个项目的设计都是量身定做的。

因地制宜的概念来自个人的信念，好的设计必须结合当地社会、经济及人文。在文化上是追求延续性的概念，不让文化断层，不断提升文化内涵，

专访：**安庾心**

安庾心，1975年出生于台北，13岁时全家移民南非，后毕业于圣约翰高中，1999年获美国南加州大学建筑学院建筑学学士学位，2003年获美国哈佛大学设计学院景观设计学硕士学位，现为AECOM景观设计总监。从业10余年来一直坚持致力于因地制宜地将景观设计与当地自然环境及人文社会环境紧密结合，让景观成为经典、鲜活、生动文化的代表。

代表作品：美国卡内基美隆大学内花园景观/华盛顿特区宾夕法尼亚大道景观设计/布鲁克林大桥公园景观设计/香港海洋公园更新与扩展/深圳东部华侨城高尔夫会所景观设计/深圳东部海滨地区海岸景观设计/从化明月山溪景观设计。

金地九珑璧

金地九珑璧

金阳新世界

金地九珑璧

因地制宜景观概念展制作过程

让文化不断进入新的境界。因地制宜需要做到在设计中保留生态性，不为追逐潮流而刻意运用并非当地的植栽。要挖掘并发挥自身优势，在达到专业性的同时，也要体现出自身的特色。展览的目的也是为了推广这些想法，并让它们得以实践。

Q：这几年来您在广州一步步组织创立了景观设计团队，有怎样的心灵历程？

A：回顾过往，我是非常感恩的。当初如同开荒牛一般经营团队，白手起家，亲力亲为地搞定每一张图纸，解决每一个问题的境况，至今历历在目。成功的项目都需要好的团队在背后支撑，感谢我的团队一直以来给予我很大的支持。

设计师到管理者于我是一个大的转变，设计师只用思考如何将设计做

好，而领导一个设计团队，需要让团队在平衡自身生活与工作的同时，集中力量，创造出好的项目，并从中得到满足感，找到自身价值。在这个过程中，需要以领导和朋友的双重身份与团队成员相处，这些都让我更好地认识自己，让我学会如何更有效率地做事，让我知道如何从宏观到微观地调控工作进程。每当看到团队成员在工作里得到蜕变成长，成为设计的主力军，都让我尤其满足和欣慰。

Q：您是如何坚守在这个行业，激情和热忱从哪里来？

A：我想是来自于内心的力量，我心底始终有一种很纯粹的信念，希望把美的东西带到这世界。这是我一直坚持的，也是至今能让我真正完全投入的事情。景观建筑设计这个行业，在很多人看来都是非常辛苦的，但我从来都是乐此不疲，在我看来，这是一种对理想的追求。设计本身就该单纯，不能

金地九珑璧

金地九珑璧

当成赚钱的行业，这样才能做出能够打动心灵的作品，才能让公众从中获得满足感，奉献社会，而看到项目最终受到认可和肯定，于我，是另一种动力和力量。

Q：我们看到您做过的很多设计都大量运用柱子，为什么？

A：每个社区，几乎毫无例外地，景观设计师都被要求设计出有个性和吸引力的路口。植栽的运用是需要时间和后天的培植的，相似的林荫大道到处都有，并非每个设计师都能创造出有特色有精神象征的路口。景观建筑师不同于园林设计师，我们会借助植栽创造景观，也可以做出出色的结构物。在我做过的设计中，不论是明月山溪灯笼概念的红柱子，金阳新世界灯塔式标志性的柱子，还是三亚项目中运用的雕塑，虽然同样都是柱子的概念，但没有一个是重复的。因为在设计中，始终都在考虑因地制宜地运用当地特色，

创造出地标式的柱子。

Q：请您介绍一下最近完成的佛山金地九珑璧项目。

A：佛山金地九珑璧项目是许李严建筑师事务所做的建筑设计，以中国传统四合院中庭空间布置为蓝本，风格现代时尚。项目在充分尊重总体景观的前提下，规划了水性治疗、首创4维立体多层次开放景观带、空中景观廊桥、中央花园、私家花园、私家泳池、Townhouse和洋房之间的隔离景观带等多重景观。其直线型规划使得绿化空间比较少。我们着重创造一种连续感来联系一些小空间，运用一些景观设计的符号和多层次的植栽，营造自然丰富的欧式豪宅后花园。（图片提供：AECOM中国区规划+设计）

组团式水景园林
龙湾别墅

项目地址：北京顺义区温榆河别墅区内
开 发 商：北京英才房地产开发有限公司
景观设计：ECOLAND易兰规划设计事务所

占地面积：1 200 000 m²
建筑面积：666 666.7 m²

龙湾别墅位于北京顺义区温榆河别墅区内，西南、东南侧拥有200 m宽绿化带，西南侧依傍温榆河，有1 800 m的河岸景观线。该项目是以低密度为主的环保型高档精英社区，地处北京最具国际色彩的高尚居住区。项目以现代中式传统元素为源泉，并结合了市场上主流的欧美风格，重新发掘与回归地域特色，以现代人文主义视角，融入了中国居住理念之后形成了龙湾的特色风格。针对京城温榆河水资源稀缺现状，结合地域水面特征，在社区内建了4万 m²的内湖贯穿整个园区，创设组团式水景园林。

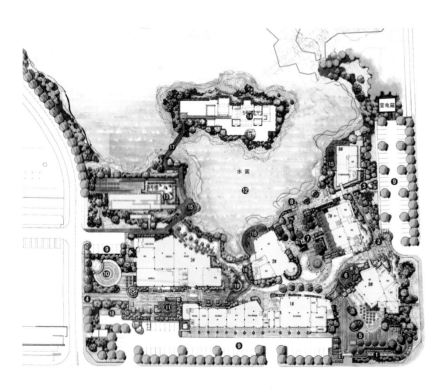

龙湾的建筑布局为十字形和T字形，这样自然就形成了三进式的4个庭院花园，细分了每个庭院的功能。下沉庭院主要为了提升地下室的采光与通风功能。在庭院的装饰上借用了很多中国传统建筑的元素，院墙采用装饰型花窗，雕塑与小品的设置体现价值感与生活场所的高品位气质。商业街的环境与位置决定其景观设计既要与整个社区相协调，也要兼顾其对于温榆河中央别墅区的服务功能，设计师创造性地设计了龙湾水景观商业，在整合形态各异的商业建筑的基础上，用景观的手法划分出不同业态所需空间。例如：露天亲水平台的设计在巧妙结合建筑与景观的同时，也扩大了商业利用空间，提升其商业价值；在商业建筑拐角设计的叠水喷泉，既满足建筑从里往外看的效果，也创造出热闹商业街中与众不同的幽静一角，别有情趣。除此之外，儿童游戏区和音乐旱喷的设计使得商业街更聚人气。

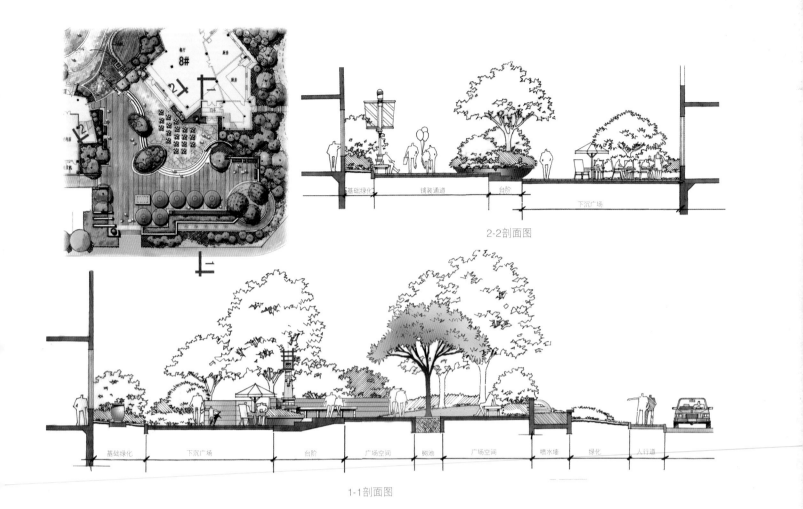

基础绿化　铺装通道　台阶　　　下沉广场

2-2剖面图

基础绿化　下沉广场　　台阶　广场空间　树池　广场空间　喷水墙　绿化　人行道

1-1剖面图

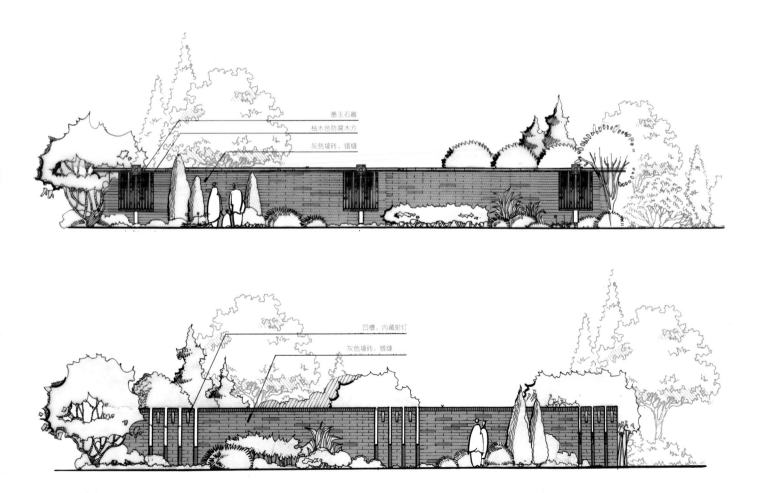

墨玉石雕
柚木色防腐木方
灰色墙砖，错缝

凹槽，内藏射灯
灰色墙砖，错缝

强烈的浪漫情调

中山·左岸花园

项目地址：广东省中山市

开 发 商：中山市中信建业房地产开发有限公司

景观设计：广州市华誉景观工程设计有限公司

设计面积：80 000 m²

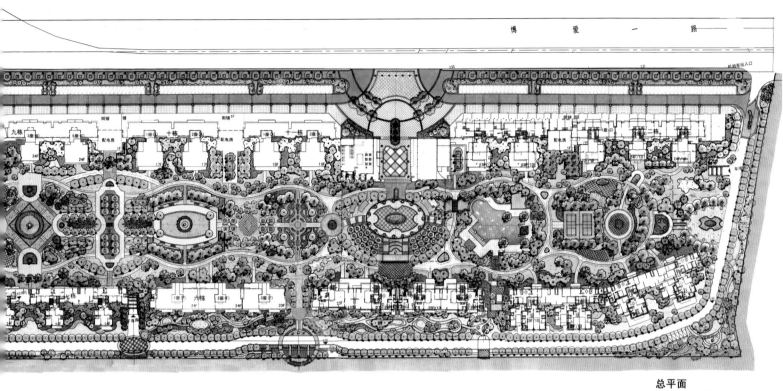

总平面
MASTER PLAN

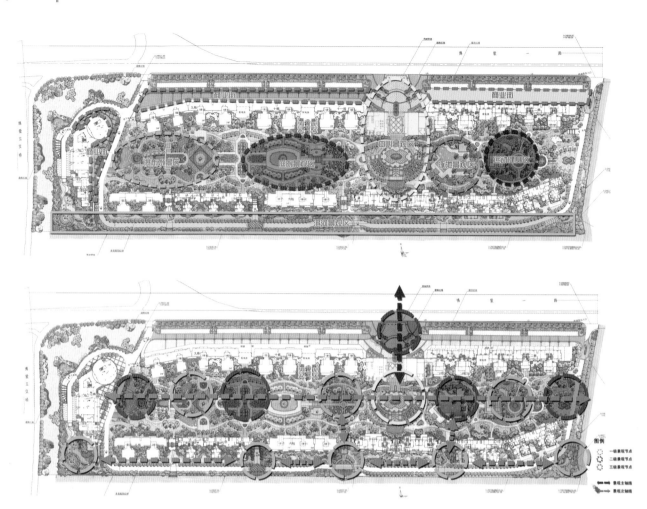

左岸花园景观设计有4大特色：大空间与庭院小空间的互动、别具特色的水景的运用、自然植物与装饰性地被的组合、建筑与园林的融合。

左岸花园借鉴法式园林特点，采用后现代手法表达古典园林，从宏伟和活泼中得到灵感，创造了一系列的"公共客厅"和"室外起居室"，充分扩充延伸了整个建筑的内涵，不着痕迹地融合了建筑和景观，从而创造出让人兴奋的乐章。在空间布局设计上，中心区景观以彰显气派的大尺度空间为主，四周则布置尺度宜人、精致细腻的小空间，各种空间相互穿插与渗透，既突出了古典园林的气势，又不乏现代住宅的亲切温馨，与小区建筑文化相呼应。设计的意图旨在让小区的居民能在巧妙组织的走道和小径上悠闲地漫步，在欣赏水景、雕塑、花园的同时，享受这些景观给人带来的惊喜。

在这里，纯净而活泼的水给人创造了声音、兴趣、和谐，让人从喧嚣的都市中得到了放松和愉悦。高大挺拔的大树、多姿多彩的植物、细心刻画的花园营造了一处人间天堂。人的感官通过材质、气味和色彩丰富的植物得到了充分的运用。同时，富有文化含义的主题性园林建筑为园林带来了强烈的浪漫情调。

恒温 恒湿 恒氧

朗诗·未来之家

项目地址：无锡市太湖大道、规划金星南路交叉口东南侧
发 展 商：无锡朗诗置业有限公司
景观设计：柏景（广州）园林景观设计有限公司
景观设计师：欧英柏
项目规模：61 200 m²

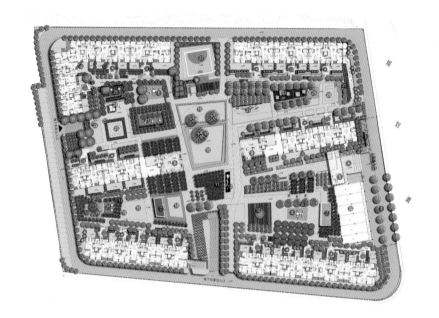

朗诗·未来之家地处于太湖大道与京杭大运河交汇处，位于金匮桥西塊，是一个以"恒温、恒湿、恒氧"为特色的高科技现代住宅楼盘。其景观设计打破了常规的花园式设计的大众理念，主要展示的是"个性"，而不是"大众性"。结合周边环境与建筑风格采取了现代简洁的设计手法，用精练的直线条及不规则的造型来进行构图，使景观与建筑得到了完美的融合，是一个"现代、精致、高雅"建筑式的园林景观。

空间的演变

设计中遵循"以人为本"的原则，特别注重人的行为感受及空间的演变，在归家途中由大的市政城市空间—社区主入口空间—中心花园—组团空间—内街—小尺度的入户玄关—室内空间"家"，是空间由大到小逐渐演变的过程。

景观特色

4大主题花园给4个组团赋予了不同的主题"风、竹、光、石"，通过不同的设计元素体现不同韵味的主题花园。

电梯大堂入户玄关将室内设计理念引出到室外空间，让人们在内心的感受上有了平稳自然的过渡，加强了内心的安全感，同时为邻里之间提供了更多的交流平台。

在考虑基本的功能设施外，还精心设计了下沉式篮球场及空中网球场，从而对空间充分的利用，不仅加强了小区的服务配套设施，同时解决了空间浪费的问题。

对道路系统进行了合理的设计，充分考虑了业主归家路线的便捷性。

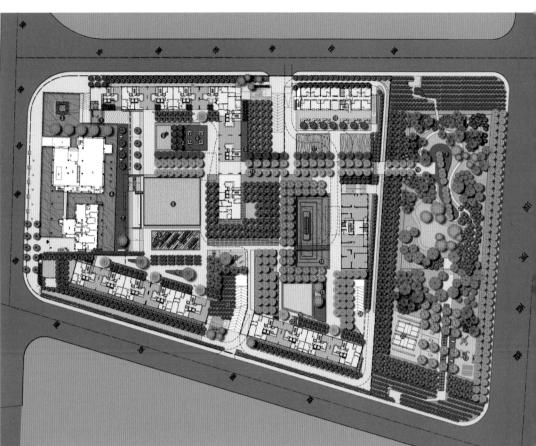

休闲人居水城

天津锦绣香江

项 目 地 址：天津宝坻知识森林岛的西南端
开 发 商：香江集团
建 筑 设 计：法国C&P(喜邦)建筑设计公司

规划用地面积：1 523 000 m²
总 建 筑 面 积：3 273 314 m²
容 积 率：1.8
绿 化 率：45%

天津锦绣香江位于天津宝坻知识森林岛的西南端，南临350 m宽的青龙湾，东望1 000 m宽的潮白河，地下蕴藏了丰富的温泉资源。项目周边交通便捷，北京及天津市区均在一小时车程范围内。天津"锦绣香江"是香江集团以休闲地产切入华北地区的首个项目。其开发目标就在于打造世界级休闲人居水城，使之成为北方第一个休闲大盘。

总体规划将"因地制宜，以人为本"的设计理念贯彻锦绣香江的设计中，做到人车分流和动静分明，使社区闹中取静。社区配有完善的休闲娱乐设施，突出了"锦绣香江"的休闲特色。

空间形态

利用建筑的灵活布局创造出丰富的空间层次，大尺度的共享水景空间—尺度宜人的庭院空间—住户的私人花园—私密的居住空间，形成由动到静、丰富流动的生活空间形态。

景观系统

小区的景观规划融入现代生活理念，环境设计从均好性入手，引入"生态居住"的概念。从户型基础出发，户户花园的创新设计保证每户均拥有自身的小环境，同时又与大环境相结合，极力打造新形态的生态住宅群。

公共景观系统的造景设计中，重点通过组团泳池、特色铺地、健康步道、特色灯柱、景亭、堆石、戏水池、植物造景等景观元素用灵动的水系串联成整体，与私家花园的私密、轻巧交相衬映，形成了整个小区丰富多样的景观层次。

建筑风格

采用新古典主义的设计手法，结合坡屋顶的造型，应用红瓦、毛石等不同材质组合，创造出一种清新、自然、大气的整体效果。

赖特草原别墅风格

世纪城·国际公馆四期

世纪城—国际公馆四期修建性详细规划

项 目 地 址：东莞市南城区

开　发　商：东莞市世纪城商住开发有限公司

规划/建筑设计：广州市天作建筑规划设计咨询有限公司

总 用 地 面 积：207 098 m²

本期用地面积：122 017 m²

本期总建筑面积：113 486.7 m²

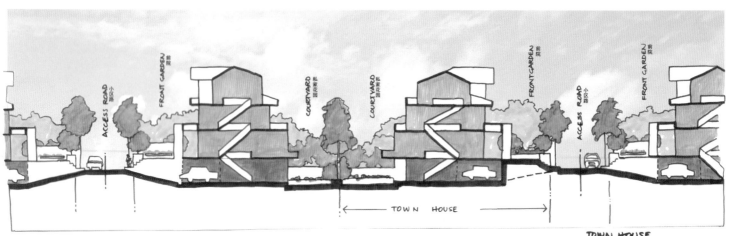

TOWN HOUSE
PRODUCT LIFESTYLE DIAGRAM

联排别墅——A—A'剖面图

世纪城·国际公馆四期别墅区位于东莞市五环路北侧，西北与二期别墅区相连，是一个以类别墅产品为主的高档社区。

规划结构

"一心、一轴、两区、多组团"：位于基地中央的绿心，是小区的景观核心，同时也是主要的公共活动空间。以水景为主题，采用生态自然的设计手法，营造宁静贴近自然的空间氛围。贯穿基地西北—东南的景观轴延续了世纪城一期二期的景观轴线，把基地分为东西两大部分，联系了南北两个小区入口，其间串连了小区会所、入口广场、中心公园等公共开放空间和景观节点。景观轴线蜿蜒穿行于建筑之中，空间收放变化而富有节奏，形成了小区主要的公共活动区及景观带。小区内采用小区—组团的二级结构。每个区域都有两个到三个住宅组团。每个组团都相对独立，设计各具特色，并且赋予其不同的主题和内涵，进一步提升产品价值。

建筑设计

本案在采用现代主义建筑风格的理念上，以赖特草原别墅风格为基础并结合本地气候、人文等特点，创造了一种高贵、自然的建筑形式。突破传统的"房间"概念，创造空间的可变性和流动性，为家庭的持续发展预留充分的布局空间和功能"弹性"。结合当前办公家庭化的社会趋势，在

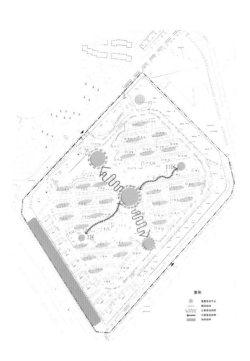

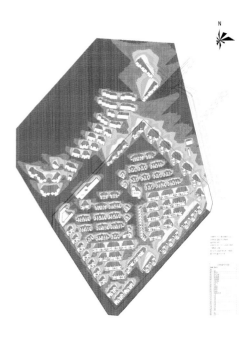

绿化景观分析图   功能分区图   日照分析图

多种户型中都设有专门的家庭办公空间，充分满足SOHO一族的实际需求。

造型及立面设计

　　建筑物设计力求外形立面设计美观新颖，能与周围环境相互协调，通过外立面造型和内部空间处理及建筑装饰材料的运用使建筑物给人们以美观、清新的感受。在保证退缩间距的前提下，满足各栋及各户景观、通风、采光的均好性。外墙形式丰富多样，增添了视觉效果的变化，打破了外墙轮廓的连续性。连续使用的玻璃门窗，形成一整面的"玻璃墙"，视线通透。室外空间成为室内空间的延续。屋顶从内向外伸出，表现出空间的内外连续。檐下水平连续的高窗，暗示了内部的连续空间，视线得以沿屋顶延伸，强调了空间的向外发展。向外延伸的矮墙将房屋平面向外延伸，象征性地围合了部分室外空间。

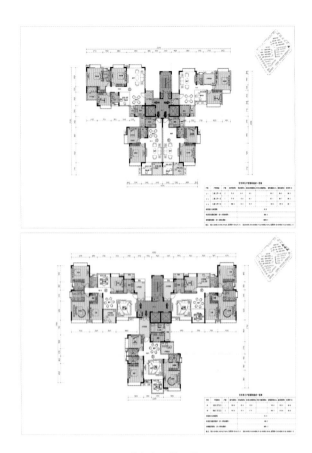

洋房户型平面图

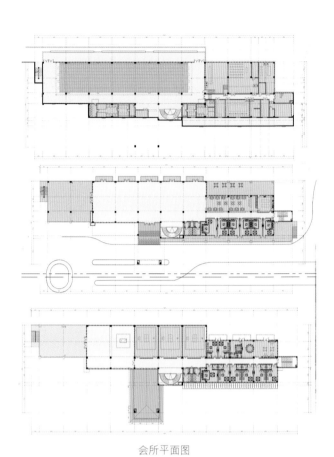

会所平面图

适应多样化商业经营
北京国瑞城

项目地址：北京崇文区
开 发 商：北京国瑞兴业地产有限公司
建筑设计：北京三磊建筑设计有限公司
建筑面积：230 000 m²
容 积 率：7.8

本项目位于崇外大街新世界商场对面，占地2.94 hm²，北侧为哈德门饭店，南侧与搜秀影城相邻、东侧为规划城市道路。

在总平面规划中，采用大底盘裙房上布置五栋单体塔（板）楼的形式，充分利用土地资源，结合用地四周面临城市道路的优势将综合楼各功能出入口根据其性质分散布置，确保各种人流、车流既方便出入又互不干扰，同时，又最大限度地保证本项目与现有过街通道、地铁5号钱及周边商业的地下连通，使人们足不出户便可方便进出周边所有商业和地铁交通系统。

國瑞城

1:1000

哈德门饭店

崇 文 门 东 大 街

17F

国瑞北路

国瑞西路

国瑞东路

北 京 站 南

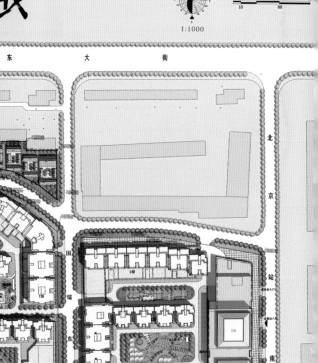

在建筑单体设计和竖向交通设计中，商业、办公、公寓入口处有相对应的竖向交通系统，方便不同人流快捷地进出，互不干扰。在地下2层至地上3层的商业空间中设有2处采光中庭，并自然形成贯穿本项目南北方向的商业街，使平面巨大的商业区域享有自然采光，增加商业空间的层次和变化，适应多样化商业经营，提高了商业的有效利用率。

在立面设计中，充分考虑与周边环境中现有建筑的对比、协调、统一，采用新古典主义风格与现代化的设计手法，通过不同材料的有机组合形成既庄重大方又有其现代感的建筑综合体。

本项目结合使用功能、节约造价、节能减排等要求，采取了大量的高技术含量的设计手段，如大跨度空心楼板、搭接柱、预应力体系、防漏电火灾自动报警系统、空调动态流量平衡阀系统、通风系统的热回收系统等等。

与山林对话

坤和·和家园

项 目 地 址：杭州市西溪路以南杨梅山路
开 发 商：杭州振兴置业投资有限公司
建 筑 设 计：上海中房建筑设计有限公司
景 观 设 计：柏景（广州）园林景观设计有限公司
景观总设计师：欧英柏

占 地 面 积：580 000 m²
建 筑 面 积：1 000 000 m²
容 积 率：1.2
绿 化 率：40%

和家园项目总平图

和家园基本资料
占地面积：约879亩
建筑面积：约100万m²
产品类型：山景公馆、院落排墅、叠拼别墅

N

▲ 胖茶山

▲ 挂牌山

▲ 杨梅山

御园

榆园

素园

景园

楠园

梅园

▲ 玉牌山

瑞园

建园

▲ 小马山

黎园

▲ 大马山

▲ 老和山余脉

图片方案角度于传播防误，此图仅供参考，具体以现场正式成交为准。

和家园项目总平图

　　坤和·和家园位于杭州市西湖区，背倚西湖，对望西溪，与西溪国家湿地公园隔天目山路相望，与西湖风景名胜区隔群山相连，距黄龙商务圈行车仅10余分钟，经天目山路景观大道和西溪路均可到达，且规划有梅西隧道直接将项目与梅家坞连通，与西湖风景区无间相连，是杭州市区范围内罕有的隐贵领地，入则宁静，出则繁华。

　　如此稀缺的自然优势使和家园在项目整体规划上从一开始就确立了"依据原生坡地地形，以尊重地块内原生态的保护为主旨，建筑为树木退让"的规划思路。从建筑风格上，利用坡地优势形成高低错落的空间层次，使建筑成为群山环抱中的一道风景，而二三十年代的尊贵怀旧的金石建筑群恰如其分地辉映出大朴不雕、宛若天成的至和境界；在景观设计上，和家园以"路是树走出来的"为设计理念，将山景景观资源最大限

度引入户内，户户可享山景，用最贴近自然的建筑语言诠释对这片土地的热爱。和家园项目由10大组团组成，分别为紫园、景园、翰园、御园、琉园、雍园、臻园、鼎园、懿园、玺园。每个住宅组团根据其资源和产品特性针对不同的客户群，无论从富贵享受型到康居舒适型、创意风尚型和健康养老型等，都能找到其合适的居所。

在这样自然生态的环境中，设计将精致的人造工艺代入其中，运用自然的元素——石材、水以及植物，创造出细致入微的现代景观。跌水石景，造型几何，规矩严谨，但在工艺上却处理得天衣无缝。而山上的无边际泳池，更是采用了几何体拼接，以一丝不苟的态度，创造完美的造型，坐落于生态自然的山体上，让自然与人工对话碰撞出火花。现代工艺影响着艺术的发展，在精致与艺术之间找到了契入点，在整个基地中，利用各种手法，在雕塑、小品、亭、椅等诸多方面展现艺术的气息。同时加入人文的元素创造出充满人文艺术共享的生活空间。

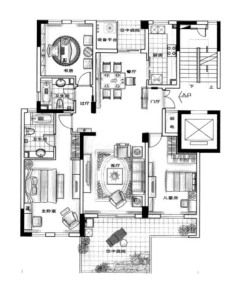

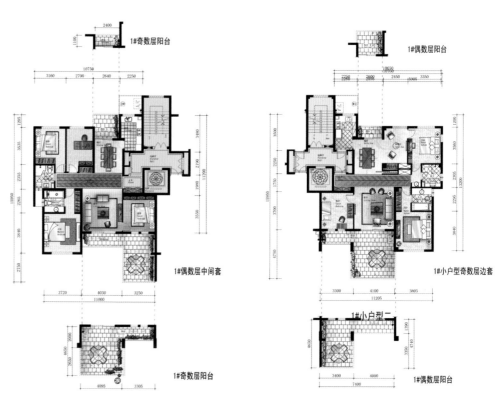

1#奇数层阳台

1#偶数层阳台

1#偶数层中间套

1#小户型奇数层边套

1#奇数层阳台

1#小户型二

1#偶数层阳台

不可复制的自然景观

华润澜溪镇

项 目 地 址: 合肥高新区蜀山风景区香樟大道与黄山路交汇处
开 发 商: 华润置地合肥有限公司
建筑/规划设计: 法国欧博建筑与城市设计公司
建筑外立面设计: 善创建筑设计有限公司
景 观 设 计: 雅博奥顿国际设计有限公司
展示中心设计: Research Architecture Design
样板间室内设计: TAD上海大隐室内设计公司

总 (规划) 用地面积: 146 666.67 m²
总 建 筑 面 积: 240 000 m²
容 积 率: 1.4
绿 地 率: 48%
总 户 数: 1 200
停 车 位: 1 : 1

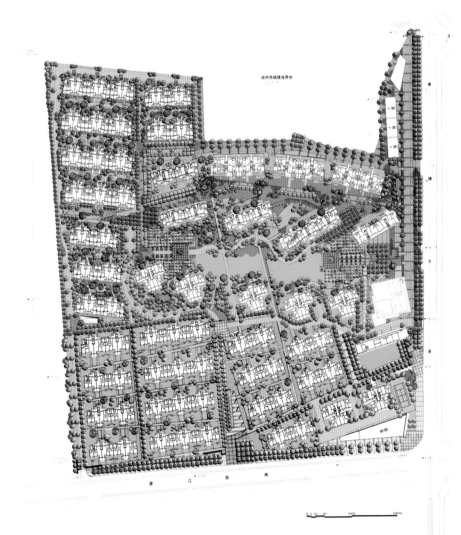

华润澜溪镇项目位于合肥市蜀山区香樟大道与黄山路交汇处，项目分两期开发，第一期推出9幢景观洋房，第二期为小高层及高层，主力户型为三房、四房两厅两卫，面积主要在133~150 m²之间。

澜溪镇是华润置地在合肥的首个鼎力倾情之作。华润置地不惜斥资两亿多元拿下这一地块，可谓寸土寸金，出手不凡。合肥近郊只有一座大蜀山，紧邻500万 m²的自然森林，山脚下又有15万 m²的人工湖，澜溪镇这种依山傍水的自然景观，可谓是独一无二的。房子可以复制，但自然景观是不可复制的，正是这种稀缺的自然资源，带给了澜溪镇独特的价值。

城市的未来

成都凤凰城

项目地址：成都高新区大源组团
开　发　商：华润置地(成都)实业有限公司

总占地面积：86 372.34 m²
总建筑面积：394 255.15 m²
总绿化面积：25 799.40 m²
容　积　率：4.50
绿　化　率：35.70%
总　户　数：2 498

　　华润置地成都凤凰城项目位于成都市高新南区大源组团花荫村，天府大道西侧约800 m，绕城高速南侧约1 000 m；是成都未来5年最具发展潜力和投资价值的区域，未来的城市行政中心所在，是成都传统"南富"区域的向外拓展及延伸；项目交通极为便利，天府大道、站华路、元华路、红星路延长线四条南北向主要交通干道，通过站华路，距新市政府办公区约5分钟车程，距成都传统富人区紫荆约10分钟车程。正在修建中的成都地铁一号线已经动工，预计2010年通车，项目距地铁一号线出站口约800 m。项目周边规划有1所中学、1所小学及5所幼儿园，项目东侧紧邻纯商业用地，正南方向为规划中的市政公园。现阶段项目的可利用配套设施主要由东侧约1 000 m的会展区来完成，随着政府的南迁，周边的配套设施将逐步完善。其户型区间70～170 m²。

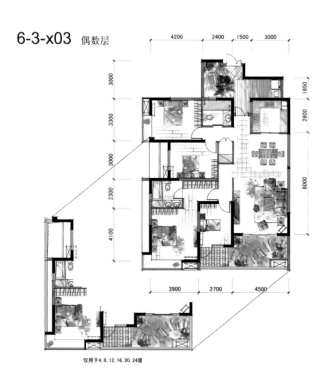

6-3-x03 偶数层

仅用于4、8、12、16、20、24层

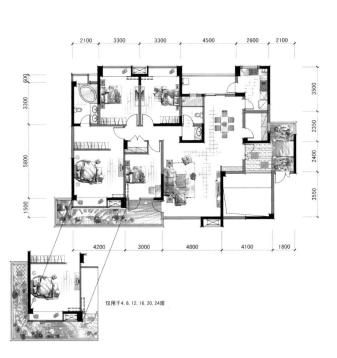

仅用于4、8、12、16、20、24层

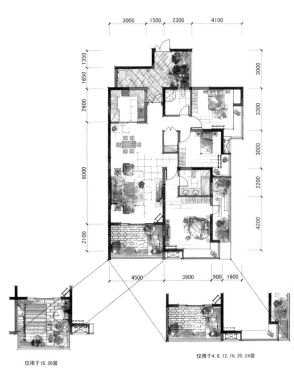

仅用于18、26层

仅用于4、8、12、16、20、24层

 前庭后院 一谷两岸
大理山水间

项 目 地 址：云南大理古城文献楼对面
开 发 商：大理银海房地产开发有限公司
建 筑 设 计：澳大利亚柏涛（墨尔本）建筑设计公司
景 观 设 计：昆明银河景观
摄 影：邓牧鱼

占 地 面 积：286 667 m²
1期建筑面积：51 286 m²
容 积 率：0.486
绿 化 率：42%
总 户 数：700

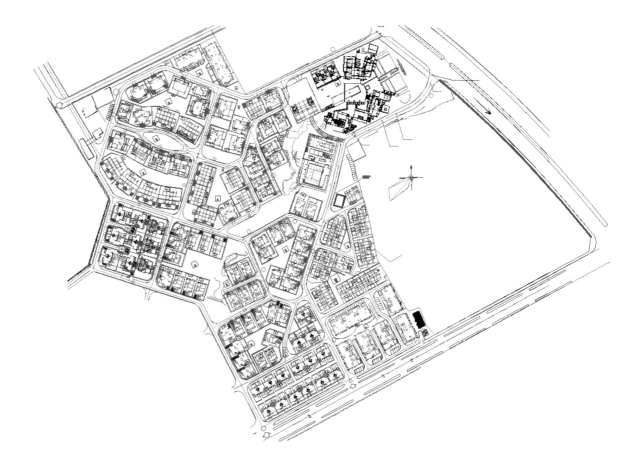

　　大理山水间位于大理国家级风景旅游度假区的核心地段，是全别墅项目。项目位置北临大理古城，东接文献楼，北上可达中和坊、大理古城、崇圣寺三塔、蝴蝶泉等，南下可至下关，项目集文化、旅游、景观、都市等诸多因素于一身，可谓得天独厚。大理山水间分两期开发，目前开发的是一期，共224户，容积率仅为0.486，绿化率高达42%，建筑密度仅为17%，是大理为数不多的高品质精品别墅项目之一。

　　大理山水间的规划设计理念是"前庭后院、一谷两岸、组团聚落"的"全生态"格局。规划巧妙地规避了原始地形与大理市214国道仅有80 m开口这一不利因素，采用"以退为进"的原则，将项目用地前场区域退用地红线50 m，并大胆地将这一界面完全向城市开放，形成一个半围合的开敞区域，且设计将该区域自南向北延伸，与北部文献楼

一层平面图

二层平面图

三层平面图

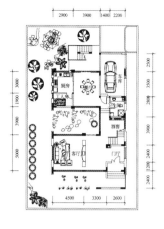

一层平面图

构成呼应关系，这是一个极富空间张力的区域，结合入口商业氛围的营造，充分扩大社区前场的展示效应，构成社区的"前庭"。社区西端接驳苍山大道，与大理学院一路之隔，规划在此地块建造一条长达200 m的商业文化街，同时利用该项目用地区域相对较高的高差，建设傍山的别墅区，共同营造社区清幽雅致的"后院"，开敞的前庭与后院一低一高，遥相呼应。如果说前庭后院是社区的首尾，那么蜿蜒缠绵于两端的长达1 km的花谷便是社区规划的脊梁，花谷自基地高处发端，以苍山间迸发的一泓清涧作为起点，好似天灵所赐的神来之笔，一路缓缓而下，沿路结合不同的组团空间变幻出多样化的形态，各区边界随着溪谷自由地收放自如，形成曲折多变的溪谷岸线，渗入社区每一个角落，形成溪畔人家的纯美意境。

大理山水间的产品丰富多样，包括独栋别墅、双拼别墅、联排别墅和度假洋房。面积从80到400多m²，从两房到六房，可满足不同客户的需求。

商业地产

口 华润商业综合体

杭州万象城

沈阳华润中心

南宁华润中心

陆家嘴1885文化中心

中关村文化商厦（第三极）

华润置地的发展历史始于华润1994年12月对北京华远的收购。通过收购，华润集团正式进入了地产行业。而1996年的香港上市则让华润集团地产板块的发展进入了新的历史阶段，实现了与资本市场的初步对接。然而，华润置地真正快速发展的时期则是2005年以后的最近几年。

华润置地有限公司（HK 1109）是华润集团旗下的地产业务旗舰，是中国内地最具实力的综合型地产开发商之一。截至2009年10月，公司总资产超过700亿港元，净资产超过360亿港元，土地储备面积超过2 600万 m²，是中国地产行业规模最大、盈利能力最强的地产企业之一，在香港和内地上市的内地地产股中市值排名第三。目前，华润置地已进入中国内地23个城市，正在发展项目超过50个。

华润置地以"品质给城市更多改变"为品牌理念，致力于达到行业内客户满意度的领先水准，致力于在产品和服务上超越客户预期，为客户带来生活方式的改变。目前公司已在北京、上海、深圳、成都、武汉、合肥、杭州、无锡、大连、宁波、长沙、苏州、重庆、沈阳、厦门、天津、南宁、绵阳、福州、常州、南京、鞍山、南通等中国内地23个城市践行着高品质的理想，代表作品有橡树湾、凤凰城、上海滩花园、二十四城、幸福里、悦府等公寓产品，翡翠城、太湖国际社区、卡纳湖谷等中低密度产品，以及涵盖了万象城（购物中心）、写字楼、酒店、高端公寓等都市综合体项目，在引领城市生活方式改变的同时，带动城市经济的发展、改善城市面貌；华润置地创新的生意模式还包括通过提供精装、家私等增值服务满足客户日益增长的一站式服务需求。

解读华润

华润置地致力于通过内涵式的核心竞争力塑造全国发展战略，持续提升地产价值链生产力，成为中国地产行业中具竞争力和领导地位的公司。

华润置地以实力雄厚的华润集团为依托，凭借国际化的视野和诚信、务实、专业、团队、积极、创新的企业精神，通过公司内部的标准化管理，全面实践高品质建造历程。

在工程质量上，华润以流程的专业化、施工技术的高标准确保物业产品质量的精细严谨，凭借毫厘工程标准不断铸造出城市的精工地标；在产品设计中，华润以前瞻性的眼光提出设计的精细准则，体现改变生活方式的产品设计能力，为城市生活推动宜居理想；在服务体验中华润创建了情感悉心服务体系，提供整个开发周期及后期物业管理的优质服务，让城市生活的细节体验不断升级。

卓越的设计源自深入的客户理解。精细设计准则，即周致考虑人与空间的良性互动关系，并在实施过程中完美呈现。华润置地以前瞻性的眼光、深入的思考和精细的标准，为工程施工和用户体验带来优秀的产品，从而推动城市生活中的宜居理想。

设计是高品质产品的灵魂，精细设计准则则是在避免基本设计误差的基础上，深入思考客户需求，以VOC(Voice of Customer)设计理念，最终达到适度引领市场的目标。

① "用精装修的标准做毛坯房"

在毛坯工程的基础上，进一步深化设计，为客户的精装预留各种可能性，提升毛坯房的品质标准。

② "室外设计精装化"

景观园林与公共空间的设计是室内设计的延展，是客户体验的重要组成部分。将精细设计的理念运用在公共空间上，一砖一草、井盖管道都为客户创造室内室外同样精美的舒适环境。

③ "再小的细节都有图纸可循"

产品设计重视细节，为确保品质和统一性，为施工保留规范的设计图纸，小到一砖一瓦一草一木的设计都能按图索骥。

④ "精细设计源自VOC"

华润置地始终坚持"为客户多想一步"的前瞻性设计，提出"设计定位—施工—客户寻访—设计改善"的VOC理念，从设计定位之初就倾听客户的声音，在入住后，由清华大学设计研究院开展第三方入户调研，引用国际消费者行为学等科研成果，每年寻找精细化创新点，将The Voice of Customer作为未来设计改善的参考，以需求优化设计，以设计优化生活，形成良性循环，提升建筑和居住生活的品质，最终达到适度引领市场的精品目标。

毫厘工程标准

苛刻也是一种品质，失之毫厘，谬以千里，只有对工程标准的高度苛刻，才能实现建筑品质的深度保证。华润置地的"毫厘工程标准"代表着在施工计划、标准、监控、监督、奖励等5个步骤中实现精准定位，步步严谨无差，构成完善的质量保障体系。

毫厘工程标准就像"螺母"一般固守着华润置地品质的根基。

①计划 根据客户需求制定质量工作计划

华润置地致力于建立客户导向的工程管理体系，由工程总部制定专业的品质改善计划，细心体验并满足客户不断发展的品质需求。同时，公司根据年度《盖洛普客户

②标准 严格制定高于国家质量标准的企业标准

华润置地参照建设部3A住宅性能认定标准，细分毛坯房、精装修房、室外园林景观3种类别制定出要求更高的企业内部标准。

针对防治住宅外墙外窗渗漏问题，华润依据年降雨量、日最大降雨量、风力、年温差的不同将全国20个城市划分为6个检验区，制定了从12～48 h不同的淋水试验标准，每栋楼在竣工前都必须进行淋水检验，确保建筑外墙外窗不渗漏。

为精准控制户内净空尺寸，华润使用激光测距仪、投线仪全过程检测各施工工序，确保误差控制在毫米数量级之内。

③监控 引入第三方评价，全面监控工程质量

为监管各开发项目的工程质量，华润置地聘请我国建筑、土木学科综合实力最强的同济大学针对管理流程中的9个关键环节进行第三方质量评估，他们对工程质量管理体系及工程实体情况出具的专业评估报告不断检验着华润的阶段性改进成果。

④监督 彼岸行动，体会业主意见，接受业主监督

华润置地通过定期组织由业主代表报名参加的"彼岸行动"，在项目从破土动工到入住验收的全过程中阶段性开放施工现场，组织业主前往参观，共同探讨施工流程、建筑材料、质量鉴定、面积测量等系列问题，听取业主的意见，解答他们的疑问，及时改进、完善产品设计和施工质量管理，确保项目的高品质竣工。

⑤奖励 设内部质量管理奖

华润置地设立年度内部质量管理奖，表彰工程质量优秀的项目并组织成功经验的交流，鼓励各城市公司各项目为业主提供更高品质的建筑产品。

情感悉心服务

情感悉心服务首次提出5个层级的物业服务深化梯度：专业化、规范化的基础服务→行业领先的100个细节→乐意服务的满意员工→高层次的情感需求→处处悉心，以扎实的基础服务能力、严格精细的培训和执行标准、不断升级的人性情感关怀给居住、办公、娱乐消费的客户带来多层次全方位的体验和满足。

专业化、规范化的物业管理、构架体系和服务标准是情感悉心服务的基本要求，同时也是公司高品质战略的重要基石。

华润置地物业管理部指导各地物业公司建立和改进组织管理架构，规范统一操作流程和服务标准，并推动各公司之间、公司与客户之间交流平台的建立，将客户的反馈、成功的经验、创新的思路进行充分共享，整体提升华润置地物业的水平。

②行业领先的100个细节

为了在专业化和规范化的基础上进一步探究工作细节，在细节处锤炼品质，在细节中传递尊贵，华润置地专门成立物业细节研究小组，推行细节领先的理念，通过系统的调研、收集、回顾和完善，总结行业内和公司内部细节服务的成功经验并逐渐固化为华润物业的服务标准。

③乐意服务的满意员工

有满意的员工，才会有满意的服务。华润置地珍视一线员工，鼓励他们快乐服务、服务快乐，在良好的工作心态中唤起自身服务意识的主动性与自发性，实现自我满足。

公司针对不断提升的管理要求，每年为服务人员安排集中封闭式轮训，培养和激发他们良好的心理状态，引导他们挖掘工作过程中的快乐因素，发挥他们的奇思妙想，共同开发快乐服务的方式和手段，不断强化"我为您服务，我为您解难，所以我很快乐"的思想。

④高层次的情感需求

提供优质的标准化服务是每个物业员工的基本职责，而深入了解客户并提供个性化的关怀则需要更加真诚、体贴的用心。华润置地物业服务始终关注不同项目的客户群体特征和他们的生活状态、精神状态，了解他们对理想居住、办公、消费的个性需求，尝试探索文化艺术、社区教育、互动娱乐、老年关怀、运动健康、时尚潮流等新鲜课题，在客户群体中建立起密切的情感纽带。

与此服务理念相配合，公司在项目建造前期即介入工作指引，专门针对高品质住宅产品的设施备及公共区域的功能和性能提出明确要求，为日后社区的个性需要、情感生活提供物质实体的充分支持。

⑤无处不在的服务体验

高品质的物业服务是爱与坚持。为了更多地满足业主的多方面需要，华润置地特设立专门基金或奖金，处处悉心，用超越物业服务范畴的情感，为业主提供更多更好的服务。

成功的战略重组

华润置地上市后，由于各方面原因，股价长期在低位徘徊，作为上市公司的资本市场融资优势、造血功能没能有效发挥，导致华润置地发展速度较为缓慢。针对这一状况，华润集团在2005年初决定对地产板块的业务进行战略重组，将集团的三大成熟投资物业注入上市公司——华润置地。集团聘请了以摩根大通为财务顾问的中介团队来协助执行这一战略重组，当年11月正式对外公布有关战略重组和资产注入信息，并于年底前顺利完成交易。

这一战略重组在市场上获得了极佳的反响，取得了多方共赢的效果。重组不仅极大地壮大了华润置地的资产规模，增强了其盈利能力，也使华润置地由单一的开发商蜕变为同时拥有开发和投资物业的综合性地产商，重塑、再造了华润置地在资本市场中的形象。代表国家出资人利益的华润集团也从注资换股得到的华润置地股票的股价上升中得到了显著增值收益（配股价HK\$2.2875），实现了国有资产的保值增值。借助重组在市场产生的利好反响以及良好经营业绩的配合，华润置地的资本市场造血功能得以恢复。2006年和2007年，华润置地先后两次在市场上配股集资共达50亿港币，有利地支持华润置地的发展。

从某种意义上讲，2005年成功的战略重组是华润置地发展历史上的重要节点，也是近几年业绩腾飞期的起点。

孵化战略的制定和推行

在华润置地发展的早期阶段，华润置地的资产负债表不大，如仅依靠其自身滚动发展，其发展速度就会较为缓慢。为加快华润置地发展，集团制定了孵化战略，即利用华润集团大得多的资产负债能力来直接持有部分土地或商业项目，待机会成熟后再将这些项目注入上市公司，形成对上市公司的即时盈利贡献。

孵化战略的制定和推行为华润置地的发展提供了一个延伸到母公司的扩大资产负债表，使华润置地得以避免因自身资产负债能力不足而失去部分有吸引力的项目机会，进而极大地加快了华润置地的发展。资产注入是按照市

场原则进行运作的，因此资产注入过程中也确保了国有资产的保值和增值。

自2005年以来，华润置地共进行了4次资产注入，其交易对价合计193亿港币。这些资产注入即是集团母公司的孵化战略的具体体现。目前，集团仍在孵化的土地达430万 m²，涉及总投资金额达95亿港币。

综合一体化的商业模式

置地综合一体化的商业模式为上市地产公司所独有。这一商业模式是华润置地按照华润集团部署刻意打造的，成为了今天华润置地核心竞争力的重要组成部分。

华润集团先后向华润置地注入了商业物业以及建筑、装修和家私业务，从而形成了今天这样基本成熟并为市场检验所证明的综合一体化的商业模式，即"住宅开发、商业物业和增值服务"的商业模式。这一商业模式不仅顺应了不断变化的市场竞争形势，能更好地满足客户需求，同时也大大提升了华润置地经营上的抗跌性和财务上的抗风险能力。2008年华润置地来自出租业务的租金收入接近10亿港币，占公司全年营业收入的11%。

有效借助了资本市场和地产上升周期的推力

地产行业是高度资本密集型的行业，充分运用好资本市场，借力于资本市场是地产公司加快发展的关键。华润置地始终把为股东创造价值、持续创造价值作为企业的核心使命，关注业绩表现和业绩的持续增长，在注资运作方面始终坚持国家、上市公司和少数股东投资者三者利益平衡共赢，投资者关系的工作方面保持信息披露的及时性和较高的透明度。对资本市场的尊重为华润置地赢得资本市场的信赖和青睐，而资本市场的支持使华润置地先后两次在市场上成功配股集资共达50亿港币，为公司发展提供了助动力。

此外，正确把握国内地产行业的发展周期对公司的健康、快速发展也至关重要。华润置地近几年的快速发展也得益于对国内2005—2007年上升周期的有效把握和运用。

团队能力的持续提升

市场的竞争表面体现为产品上的竞争，其背后实质是组织的竞争，而组织与组织的竞争归根结底又是人与人、系统与系统的竞争。在华润置地过去几年的快速成长中，人的成长、团队能力的提升是最为重要的因素。

过去几年，华润置地在人力资源的培养和团队能力的提升上下了不小功夫。公司从人才招聘甄选、绩效管理、薪酬激励管理、领导力提升、培训与发展等多个维度着手，着力建立科学、系统的人力资源管理体系，力求创造尊重人的价值、开发人的潜能、升华人的心灵的人才成长环境，树立起"简单、坦诚、阳光"的华润文化氛围，并以此持续吸收、培养和激励优秀人才，以及整体提升各级公司经理人的领导力水平。

华润置地在人力资源的培养和团队能力提升方面所开展的富有成效的工作为其业务战略的推行，为"住宅开发+投资物业+增值服务"的差异化商业

超大型国际形态都市综合体
杭州万象城

项目地址：杭州江干区钱江新城核心区庆春东路　　　　占 地 面 积：99 500 m²

开 发 商：华润新鸿基房地产（杭州）有限公司　　　　总建筑面积：800 000 m²

规划设计：美国凯里森建筑事务所　　　　　　　　　　容 积 率：5.53

建筑设计：浙江城建设计集团　　　　　　　　　　　　绿 化 率：30%

景观设计：贝尔高林（香港）有限公司　　　　　　　　总 户 数：600多户

立面设计：吕元祥建筑师事务所（国际）有限公司　　　停 车 位：600多个

万象城是由华润、新鸿基两家久负盛名的地产集团在杭州联手打造的首个都市恢弘大作。万象城地处钱江新城核心区，占据城市最核心的资源：地铁、BRT、公园、剧院、市民中心、学校、医院……应有尽有。万象城规划总建筑面积超80万m²（含地下），将形成以24万m²"万象城购物中心"为核心，包括甲级写字楼、超五星级酒店（柏悦）、服务式公寓、高尚住宅（悦府）等多种物业形态为一体的国际高标准建筑群，预计总投资超过50亿港币。其中，一期是近24万m²的"万象城购物中心"以及约14万m²超高层高尚住宅（悦府）。

万象城购物中心已经完成了超过50%的出租率，首次登陆中国的CENTRAL百货、高端加强型超市OLE超市、"冰纷万象"奥运标准真冰溜冰场、玩具"反"斗城、NOVO新概念、大食代、苏浙汇等诸多代表国际最高行业水准的品牌商家，入驻万象城。2008年7月，柏悦酒店——凯悦国际酒店集团旗下超豪华精品酒店品牌也正式签约万象城。

万象城精装修高尚住宅悦府得到了广告客户的高度认可，创造了杭城销售奇迹。可以预见，未来，钱江新城会是杭州最国际化的地方，而万象城，作为杭州首个超大型国际形态都市综合体项目，无疑将呈现丰富多彩的高品质生活，为杭州这座城市带来更多可能。

众多业态功能互动互补

沈阳华润中心

项 目 地 址：沈阳和平区原辽宁体育馆
开 发 商：华润（沈阳）地产有限公司
方 案 设 计：美国RTKL建筑事务所
合 作 设 计：中国建筑北京设计研究院有限公司辽宁分院
总占地面积：80 500 m²
总建筑面积：700 000 m²

以万象城为核心的"华润中心"都市综合体,不仅在华润置地的产品结构中占据十分重要的地位,而且已经成为国内都市更新的典范与综合商业地产的领先开发模式。华润中心是一个以构筑城市理想、提升城市形象与竞争力为价值取向的崭新综合城市空间,代表着目前国内城市规划发展的最高水平。

沈阳华润中心是"华润中心"都市综合体全国复制第三站,位于辽宁省体育馆原址,总占地面积约8.05 万m²,总建筑面积近70 万m²,总投资超过50 亿港币。一期包括近25 万m²购物中心万象城、约7 万m²国际5A写字楼华润大厦,预计购物中心在2011年春开业,写字楼在2011年春启用;二期为超五星级君悦酒店、悦府高档住宅,三期为酒店式公寓,全部工程预计将于2012年底完成。

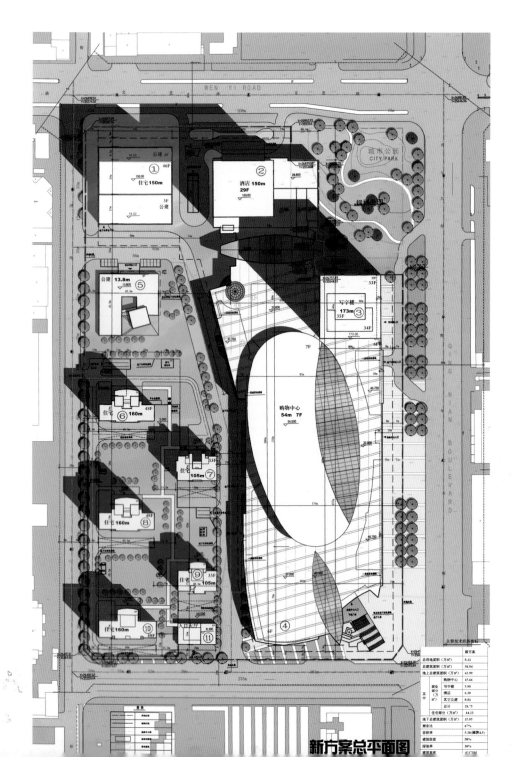

新方案总平面图

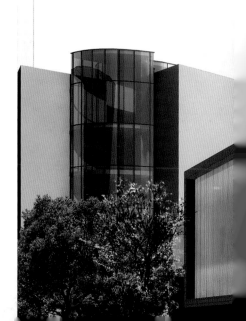

未来的沈阳万象城不仅仅是一个商场，这样的建筑带给人们的将是一种更为现代、更为都市化的生活方式，这里将成为沈阳这个城市未来最为精彩的一部分。华润中心悦府为都市综合体内极为稀缺的住宅产品，由5栋高层组成，面积区间为100～300 m²，是金廊核心区域内标志性的住宅群。采用典雅、现代的设计风格，超高层的板式建筑设计，绿化氧吧，大型的地下停车场，近1:1的车位比例。悦府住宅部分的相对独立，提供了一个属于自己的安静而独立的生活空间，提高了居住的私密性。

在华润中心，众多业态并不是单个的建筑，而是一个建筑群一个综合体，这些建筑并不是简单地叠加在一起，每样建筑功能互动、互补，悦府的业主在这里可以有24小时完整的生活。

群众 建筑 景观 社区的互动
南宁华润中心

项 目 地 址：南宁凤岭片区核心区域
开 发 商：华润置地（南宁）有限公司
建 筑 设 计：美国RTKL建筑事务所
园林景观设计：香港雅博奥顿国际设计有限公司

用 地 面 积：98 000 m²
总 建 筑 面 积：900 000 m²
容 积 率：5.81
购物中心停车位：1 500

南宁华润中心项目地处南宁凤岭片区核心区域，总投资逾60亿港币。将建成以"万象城"为核心，集购物中心、写字楼、五星级酒店、高档住宅等诸多功能于一体的大规模、综合性、现代化、高品质的标志性商业建筑群。项目分3期开发完成，1期将建设万象城购物中心和一栋国际5A甲级写字楼华润大厦，预计2012年开业。万象城地下三层，地上六层，建成后将成为全广西最大、最具影响力的购物及娱乐中心，内容涵盖零售、餐饮、娱乐，有亚洲最好的电影院及符合奥运比赛标准的真冰溜冰场，引导南宁市民进入新的购物与休闲时代。

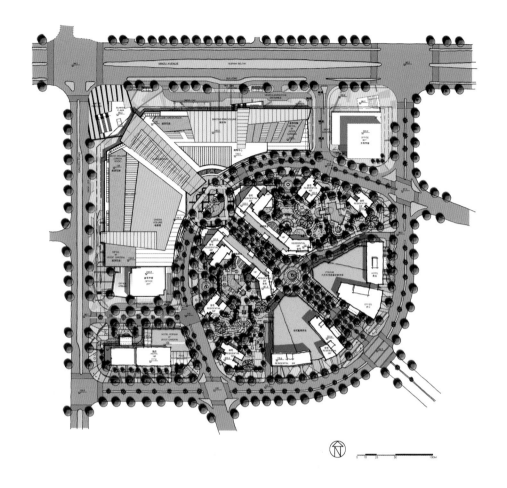

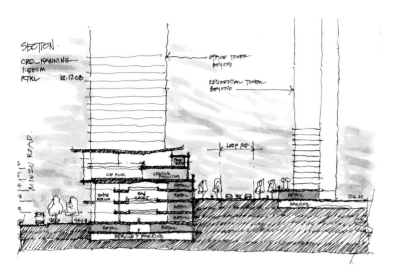

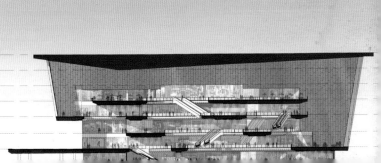

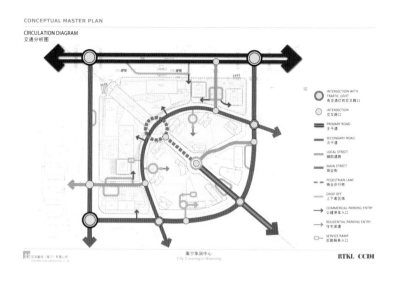

CONCEPTUAL MASTER PLAN

CIRCULATION DIAGRAM
交通分析图

Guardrail 3

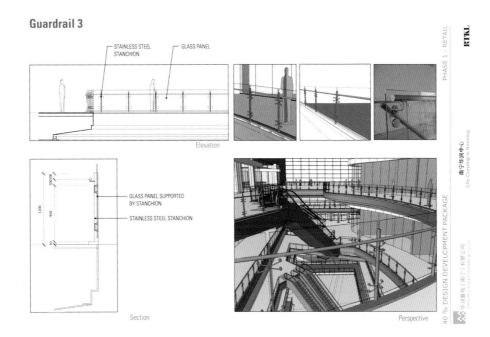

STAINLESS STEEL STANCHION

GLASS PANEL

Elevation

GLASS PANEL SUPPORTED BY STANCHION

STAINLESS STEEL STANCHION

Section

Perspective

PHASE 1 - RETAIL

RTKL

南宁华润中心

City Crossing in Nanning

华润置地（南宁）有限公司

40 % DESIGN DEVELOPMENT PACKAGE

Option 2: Perspective View

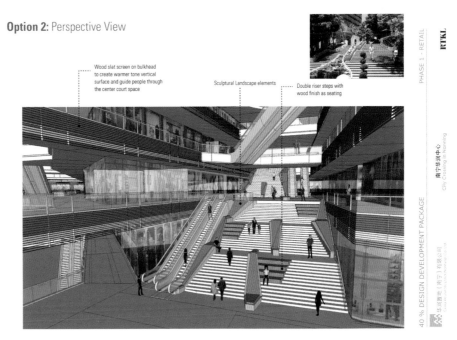

Wood slat screen on bulkhead to create warmer tone vertical surface and guide people through the center court space

Sculptural Landscape elements

Double riser steps with wood finish as seating

PHASE 1 - RETAIL

RTKL

南宁华润中心

City Crossing in Nanning

华润置地（南宁）有限公司

40 % DESIGN DEVELOPMENT PACKAGE

Vignettes: West Mall & Central Atrium

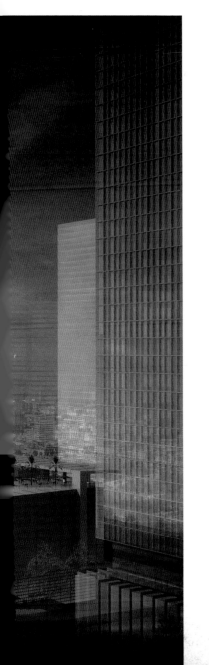

Cartier

PHASE 1 - RETAIL

RTKL

南宁华润中心

City Crossing in Nanning

华润置地（南宁）有限公司

% DESIGN DEVELOPMENT PACKAGE

项目开发设计的目标是为南宁市打造出一个地标建筑群，融合购物、休闲、办公、居住各个元素，成为人们生活购物的总汇之地。南宁华润中心具有鲜明的亲民特性，将给市民提供新颖、灵活的公共空间，包括可举行庆典活动的场地、屋顶花园、室外平台。这些空间的设计极大地促成了群众、建筑、景观及社区的互动。

充满现代建筑的时尚

陆家嘴1885文化中心

开　发　商：上海陆家嘴金融贸易区开发股份有限公司
建 筑 设 计：美国海波建筑设计事务所（HPA）
合 作 设 计：美国DDG设计事务所

建筑占地面积：3 545 m²
总建筑面积：15 298 m²
绿 化 面 积：2 719 m²
建 筑 密 度：29.4%
容　积　率：0.69
绿　化　率：22.5%
停　车　位：105

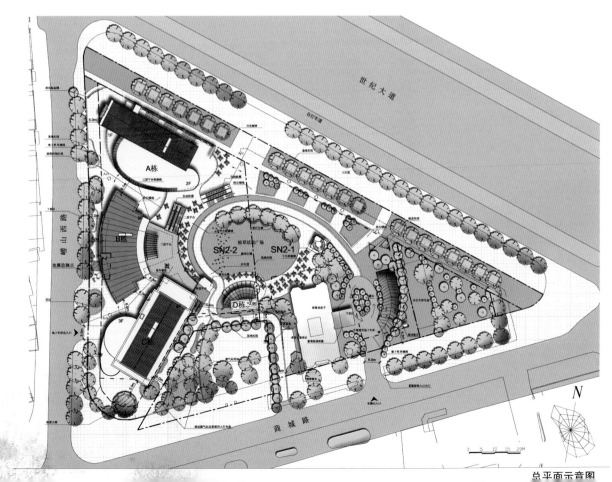

总平面示意图

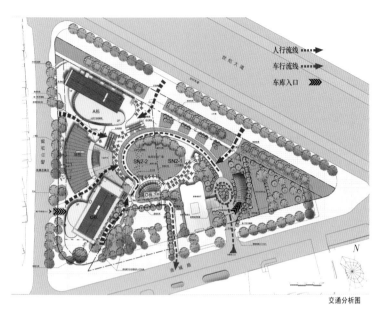

交通分析图

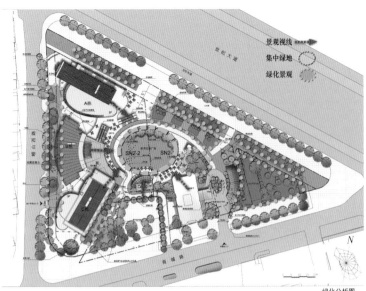

绿化分析图

陆家嘴1885文化中心项目位于浦东世纪大道，基地与南侧的煤气站、北侧的绿化带组成一个三角地，由世纪大道、商城路及南泉北路围合而成，在SN2-1地块西南角保留着一栋老式民宅。建有4幢1至4层高的建筑，形成一大型成熟社区的休闲商业中心。建筑内将考虑设各类中高端品牌专卖店、大型高档品牌餐饮以及简餐、咖啡、茶室等类型的休闲餐饮。

建筑设计在总体规划布局上主要考虑与保留的老房子风格统一，将整个商业建筑化整为零，分散布置成4幢低层建筑。面向内侧中心绿地的建筑为休闲餐饮，建筑与建筑之间则作为人流的主要通道，地下车库的出入口一个设在基地南端沿南泉北路上，另一个设在中心绿地的东南侧，与商城路相接，与进出老房子及中心绿地的车辆共享一个出入口，并考虑融入周围环境中。整体在功能分配上将沿街的一面设为商铺，环

绕中心绿地形成一个车行环通道，使车辆到达每幢商业用房。功能分区清晰，主次分明。平面以逐层收进的方式减少对人行道的压迫感。在绿地的设计上同时和东侧的中心绿地整体考虑，使新老建筑与整个景观自然地融为一体。

单体立面设计以老上海旧式官邸风格为主，融合了现代简洁、明快的建筑形式。屋顶局部设计为坡顶，大面积的休闲平台将人与自然充分地融合起来。在材料的运用上，将外滩建筑的砂岩、旧式的青砖与金属板屋面及现代的玻璃、轻钢有机地结合起来，使整个建筑与保留的老房子交相辉映，又充满现代建筑的时尚。

由于SN2-1地块为一中心绿地，绿化布置首先将SN2-2地块内的绿化与中心绿地整体考虑。通过布置大面积集中绿化使整个商业建筑与老房子形成一个围合，减弱影响，并与北侧城市绿化带彼此呼应。同时在北侧临街处设置20 m宽的绿化带改善环境，丰富视觉感受。

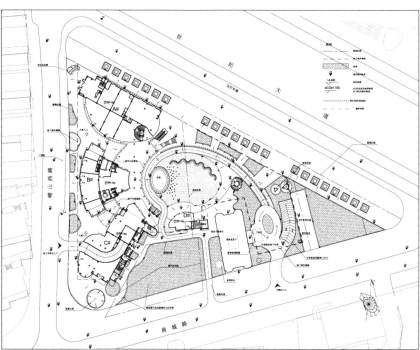

沉稳而丰实
中关村文化商厦（第三极）

项目地址：北京海淀区
开 发 商：中关村文化发展股份有限公司
建筑设计：北京三磊建筑设计有限公司
合作设计：德国gmp建筑师事务所

建筑面积：105 070 m²
容 积 率：3.53

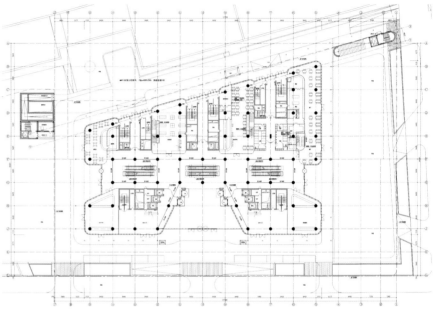

中关村文化商厦（第三极）项目地处中关村核心地带，北侧与北四环路相邻，西侧为海淀图书城，东南两侧为城市道路和现状商业楼，由于用地非常紧张，为确保建筑总体规模，建筑单体平面设计与用地红线一致呈梯形布置，从而最大限度利用了土地资源，整个建筑体型规整、简洁、一气呵成，为打破巨大建筑体量视觉上的厚重沉闷感，在建筑南北两侧下部局部凹进，并在平面上形成贯穿南北的视觉走廊，减少建筑带来的压抑感，在建筑东立面，设计有通高的建筑中庭，其靠外墙处因有70 m高的单索玻璃幕墙而成为该建筑的亮点和标志，贯穿中庭的4部观景电梯更为该建筑注入了活力和动感，加上外立面规整简洁的横向凹槽装饰带，更使建筑本身沉稳而不失丰实。

建筑外墙采用双层呼吸式玻璃幕墙，提高了建筑的节能性和室内环境的舒适度，建筑东、北两个立面设计有多媒体灯光演示系统，夜晚时整个建筑立面形成两面巨大的显示屏，可播放广告和视频图像，将为城市视觉设计及传媒建筑的发展提供一个新的范例。

2010年度全新楼盘推荐

北京

中国铁建国际城

物业类别 住宅、商业
项目特色 创意地产 国际化社区 地铁沿线
建筑类别 6～28层板楼、板塔结合
装修状况 毛坯
物业地址 朝阳区13号线北苑站北侧
占地面积 195 000 m²
总建筑面积 610 000 m²
开发商 北京第六大洲房地产开发有限公司
投资商 中铁房地产集团有限公司
物业管理 北京大自然物业有限责任公司
开盘时间 2010—01

新磁器

物业类别 住宅
项目特色 地铁沿线
建筑类别 板楼
装修状况 毛坯
物业地址 崇文区磁器口路口向东300 m路北
当前价格 均价35 000 元/m²
占地面积 287 000 m²
总建筑面积 760 000 m²
总户数 371户
开发商 北京崇文·新世界房地产发展有限公司
投资商 新世界中国地产有限公司
物业管理 北京新世界物业管理有限公司
开盘时间 2010—01
入住时间 2010—09

北回归线

物业类别 住宅、公寓
项目特色 小户型
建筑类别 板楼、板塔结合、多层
装修状况 毛坯
物业地址 昌平区回龙观东大街路南
当前价格 均价11 000 元/m²
占地面积 16 000 m²
总建筑面积 39 000 m²
总户数 474套
开发商 北京城建三房地产开发有限公司
开盘时间 2010—01
入住时间 2011—05

明悦湾

物业类别 住宅
项目特色 公园地产
建筑类别 板楼，小高层
装修状况 毛坯
物业地址 大兴区旧宫南中轴路
当前价格 最低价15 888 元/m²
总建筑面积 100 000m²
总户数 722 户
开发商 北京日月房地产开发有限公司
开盘时间 2010—01—11
入住时间 2011—06

美然生态馆

物业类别 住宅
项目特色 宜居生态地产 地铁沿线 科技住宅
建筑类别 塔楼、板楼
装修状况 精装修
物业地址 大兴区旧宫镇旧忠路
占地面积 14 000 m²
总建筑面积 68 000 m²
开发商 美晟公司
开盘时间 2010—03
入住时间 2011—08

北京ONE

物业类别 住宅、公寓
项目特色 宜居生态地产 景观居所
建筑类别 板塔结合、高层
装修状况 毛坯
占地面积 51 000 m²
总建筑面积 280 000 m²
开发商 北京实地房地产开发有限公司
物业管理 北京高力国际物业服务有限公司
开盘时间 2010—04
入住时间 2011—06